KING KONG E CERVEJAS

FABRÍCIO CORSALETTI

King Kong e cervejas
Contos

Copyright © 2008 by Fabrício Corsaletti

Capa
Mariana Newlands

Preparação
Denise Pessoa

Revisão
Otacílio Nunes
Ana Maria Barbosa

Dados Internacionais de Catalogação na Publicação (CIP)
(Câmara Brasileira do Livro, SP, Brasil)

Corsaletti, Fabrício
King Kong e cervejas / Fabrício Corsaletti — São Paulo :
Companhia das Letras, 2008.

ISBN 978-85-359-1220-3

1. Contos brasileiros I. Título.

08-02706   CDD-869.93

Índice para catálogo sistemático:
1. Contos : Literatura brasileira   869.93

[2008]

Todos os direitos desta edição reservados à
EDITORA SCHWARCZ LTDA.
Rua Bandeira Paulista 702 cj. 32
04532-002 — São Paulo — SP
Telefone (11) 3707 3500
Fax (11) 3707 3501
www.companhiadasletras.com.br

*para o Paulinho,
o King Kong
e meu pai*

*e para a Soninha,
a mocinha
e a mãe*

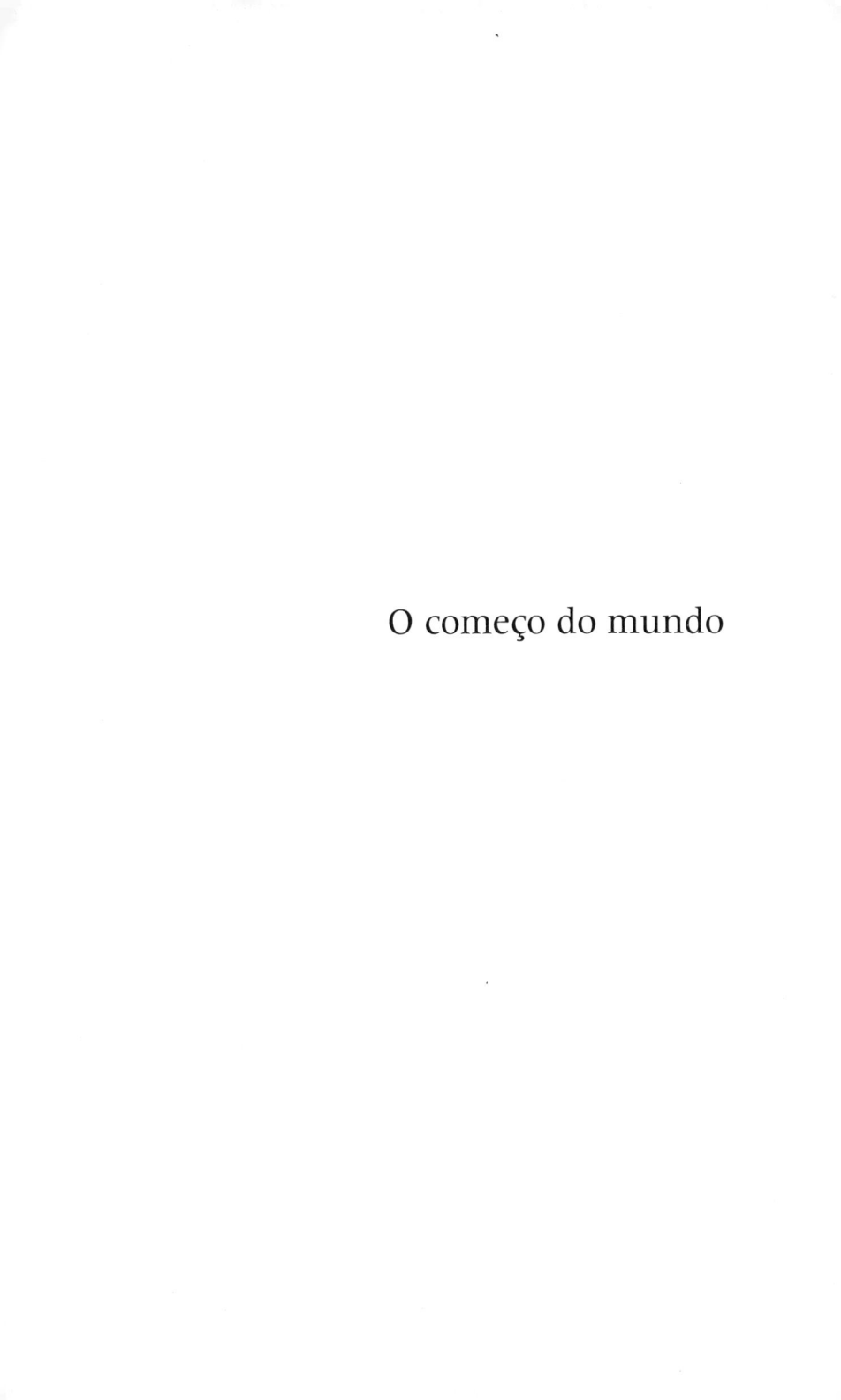

O começo do mundo

Era o começo do mundo e havia um mundo anterior ao nosso, um mundo desconhecido e que nos desconhecia, que não nos interessava ou que nos causava medo, mas nunca falamos sobre ele e portanto éramos livres. Tínhamos sete anos, e os dias eram luminosos no verão e azulados no inverno, e nos recreios sentávamos os quatro nos bancos colocados estrategicamente um de frente pro outro pelo meu amigo, que gostava da minha prima Patrícia e de quem a Patrícia gostava. Chegávamos antes delas e às vezes trocávamos socos, até que elas apareciam com lacinhos amarelos nos cabelos e sentavam. A Patrícia ficava na ponta dos pés pra apoiar a lancheira nas coxas e abri-la, depois jogava a cabeça pra trás, amarrava o cabelo, e só então pegava o sanduíche de presunto e queijo embrulhado em papel-alumínio, desembrulhava e examinava o recheio levantando uma das fatias do pão:

— Vocês querem? — Mas eu e o Gustavo já tínhamos combinado que da Patrícia (ela era "a dele") só ele aceitava, caso contrário ela não gostaria de perder metade do sanduíche pra dois relaxados que sempre deixavam as lancheiras em casa. Mas não aceitávamos sempre, só duas, três vezes por semana, nos outros dias comprávamos esfirras na cantina ou comíamos o macarrão da merenda, e em outros disputávamos bolas de gude com os garotos das outras classes. Não éramos ruins no jogo, e voltávamos até o banco onde as meninas estavam, mostrávamos as bolinhas adquiridas e dizíamos "viu?", e elas riam e olhavam a gente nos olhos, e ficava evidente que eles já eram namorados.

Mas nós não éramos, que a Ivana eu nunca soube se gostava de mim. Ela tinha chegado de São Paulo aquele ano, com o pai e a irmã, a mãe continuava lá, os pais tinham se separado, o pai tinha parentes na cidade e resolveu se mudar pra cá. Ela e a irmã vieram meio à força, porque tinham uma turma grande em São Paulo, conheciam muitas coisas e lugares, a nossa cidade era pouco pra elas, e a irmã dela era uma chata por pensar assim. Então por que não volta pra São Paulo?, eu tinha vontade de perguntar. E um dia elas voltaram mesmo, e não aparecem mais nem pra ver os primos.

Os primos eram nossos amigos, e a gente se reunia perto da casa deles, numa casa grande e abandonada e verde, com uma varanda de lajota lisa onde a gente escorregava quando chovia, e então era melhor que jogar bola. Mas a Ivana não escorregava, e a gente sempre foi mais próximo na escola, porque a minha prima era muito amiga dela e era muito minha amiga. Eu morava na casa da nossa vó em comum, ela morava numa casa que dava fundos com a casa da vó, e o meu tio, que nunca pensou duas vezes nas coisas que ele achava certo, abriu uma porta no muro e as casas ficaram unidas. Eu atravessava o quintal às três da tarde e tomava leite e comia pão com geléia com a Patrícia e a Carol, a irmãzinha dela, e depois fazíamos a lição. Eu nunca perguntava da Ivana, e a Ivana às vezes perguntava coisas pra mim:

— Você vai na minha festa sábado?

— É claro, pra que perguntar? — Mas ela não respondia. Mordia o sanduíche de queijo, o queijo mole porque estava calor embora ventasse, e esticava os bracinhos brancos, as mãozinhas de unhas roídas e me oferecia uma mordida. Eu queria segurar nas mãos dela pra dar mais firmeza ao sanduíche, mas não tinha coragem, punha as mãos no joelho, inclinava a cabeça pra frente e mordia pouco, que eu era um menino educado. Ela virava de lado pra falar com a Patrícia, e eu respirava fundo enquanto mordia, porque ela tinha um cheiro que eu adorava e que demorei pra descobrir e assumir que era cheiro de meleca de nariz.

Mas seus dedos viviam limpos, as unhas sempre roídas, eu nunca vi meleca nenhuma da Ivana, nem no próprio nariz, que era encorpado mas delicado e perfeito pro seu rosto redondo e claro, de olhos muito verdes e lábios grossos e vermelhos. Não podia ser, eu pensava, não podia ser cheiro de meleca, mas nunca perguntei a nenhum amigo se eles já tinham sentido, e quando eles falavam sobre carros e cavalos ou sobre a bunda de não sei qual menina da quarta série, eu pensava na Ivana com cheiro de meleca de nariz e a desprezava. Quando a encontrava no dia seguinte na escola, e ela me oferecia o sanduíche mas eu tinha comprado um pastel, sentia culpa e ia jogar bola de gude e uma vez entrei numa briga à toa e fiquei com vontade de matar um garoto porque ele era burro e não entendia as regras do jogo.

A Ivana nunca reclamou de nada, nunca brigou com ninguém, nunca ficou amiga de muita gente e tratava todo mundo como se fosse o melhor amigo dela. O Rogério, por exemplo, que nunca comeu com ela no recreio e vivia sujo correndo pelo pátio. Ela perguntava da mãe dele, do irmão e do skate que ele tinha comprado, como se fosse entendida em skates, como se já tivesse montado no cavalo do irmão dele, como se soubesse que a dona Gláucia era uma grande bordadeira. Eu conhecia a mãe do Rogério e nunca perguntei nada sobre ela, nem sobre o irmão. A gente andava de skate na mesma praça da igreja e ele não andava tão bem assim, mas sabia falar com as meninas sobre as manobras x e y, e eu nunca falaria sobre a minha mãe com a Ivana. Mas ela também perguntava sobre a minha mãe, ela perguntava tudo com naturalidade e ria. Você vai na minha festa sábado?

Fui com o Gustavo, era perto da casa dele, e estava lotada. O Guilherme, irmão do Gustavo, e o Lelê, que era meu primo, estavam na frente da casa. Entramos juntos e cada um sentou numa cadeira dobrável de metal e ficou esperando o guaraná que a empregada ia servir. Minha mãe tinha penteado meu cabelo de lado e tinha comprado um presente pra Ivana — uma meia, um lacinho, uma boneca, uma coisa qualquer que eu não sabia se ela gostava. Mas ela olhou pra meia como se não tivesse nenhuma e disse que linda, e disse obrigada, e foi tirar uma foto com um tio que tinha vindo de São Paulo. Voltei pra cadeira de metal gelado, mas a empregada já tinha passado por ali.

— Idiota! — o Guilherme ou um amigo dele disse, e todos riram. Mas tiveram que parar de jogar amendoim em mim porque a tia da Ivana chegou e disse que nós tínhamos crescido muito, já éramos homens e estávamos lindos. Cada um encheu o peito de ar e fomos jogar bola pras meninas verem quem era o melhor. Eu não era, nem o Gustavo, mas a gente não era dos piores, e a Ivana e a Patrícia e as outras não sabiam nada de futebol, era só não tomar no meio das pernas. Mas o idiota do Fernando tomou, a gente riu dele, eu fiquei feliz e quase fiz um gol.

No parabéns, o suor escorrendo pela costeleta e no pescoço, a camisa colada na barriga, bati palmas fortes e cantei alto, a Ivana ria e eu nunca tinha visto alguém tão feliz no dia do aniversário. Meu pai a cada ano perguntava: você não está contente? você não está contente? Claro que estava, eu respondia, e ia brincar de faroeste com os moleques na casa da esquina que estava em reforma. Do parabéns eu não gostava, mas gostei muito do da Ivana, tinha uma tia dela de braços cruzados que sorria, não cantava, sorria e saiu no meio da música pra atender o telefone — e aquilo foi a coisa mais sincera que eu já tinha visto.

Escureceu pouco depois, todos os tios foram embora, e as meninas que a Ivana só tinha chamado porque eram da nossa classe mas não eram amigas, as mães foram buscar no intervalo da novela das sete. Ficamos nós, os quatro amigos do recreio, o Guilherme, o Lelê e os amigos deles, sentados na calçada, inventando o que fazer, falando palavrão.

A Patrícia sentou perto do Gustavo, eles ficavam bobos

às vezes. Minha prima ficava só dele quando ficava boba, e eu não sabia como seria no dia seguinte, se ela seria a mesma pessoa, se ia tomar leite comigo. Mas aí escureceu de verdade, e a gente estava debaixo de um chapéu-de-sol, as folhas grossas barravam a luz do poste, não dava pra ver muita coisa, só os olhos e as silhuetas. Eu via os olhos da Ivana e não falava com ela; e no teatro de sombras o Guilherme ria, falando coisas no seu ouvido, a mão podre e quente na mãozinha branca — apagando o cheiro que só eu conhecia. O Lelê gritou: eu vi, e todo mundo, o Gustavo e a Patrícia, começou a gritar "namorados, namorados". Eu fingia que gritava, ria pro Gustavo, mas ele não ria, gritava apenas.

Meus pais buzinaram e me levaram embora. A Ivana disse tchau, mas não tinha mais o sorriso que era pra todos.

No recreio ela e a Patrícia continuaram sentando no mesmo banco, mas eu e o Gustavo não queríamos mais ficar perto delas.

Um dia o Gustavo ficou coçando o pau no meio da aula e teve que ir pra diretoria. Voltou com uma história de que fulana da segunda série deixava enfiar o dedo. Era só sair logo que batesse o sinal, encostar na parede do corredor e esperar fulana passar no sentido do pátio. E depois descobrimos muitas meninas que deixavam passar a mão, e descobri que só no corredor cheio de gente elas deixavam. Fosse tentar na aula, fora da escola, na fila da cantina: elas te olhavam sérias e você não entendia mais nada, e ficava esperando o sinal do recreio bater de novo pra tentar e saber se estava ou não ficando louco.

Mas eu não estava não, e meu pai e um tio ficaram muito alegres quando contei que tinha passado a mão numa menina enquanto dançava com ela. Eles contaram histórias da época deles, e fui descobrindo um mundo que não era o meu mas tinha semelhanças, e percebi que eu tinha agora que ficar atento a tanta coisa, tudo tinha ficado estranho e as pessoas sabiam mais do que eu. Os pais dos meus amigos também contavam histórias de meninas, os moleques mais velhos contavam, até o Guilherme — que a gente começou a chamar de Frango porque o pai dele dançava bêbado e parecia um frango — contou da Ivana. Pra mim já não importava, embora os moleques tenham me olhado na hora e isso me deixou vermelho. E eu também comecei a contar umas coisas que eles não acreditavam e eram verdade. Só nunca ninguém me contou, e eu não contei a ninguém, que a mãozinha de alguma menina tinha cheiro de meleca de nariz.

A Ivana andou com a nossa turma até sair da cidade, aos treze anos. Uma vez dei um esporro nela por uma bobagem qualquer. Ela não revidou. Me olhou nos olhos assustada e perguntou com uma sinceridade insuportável:

— O que é que eu fiz de errado?

Ela era uma menina muito educada.

História sem cavalos

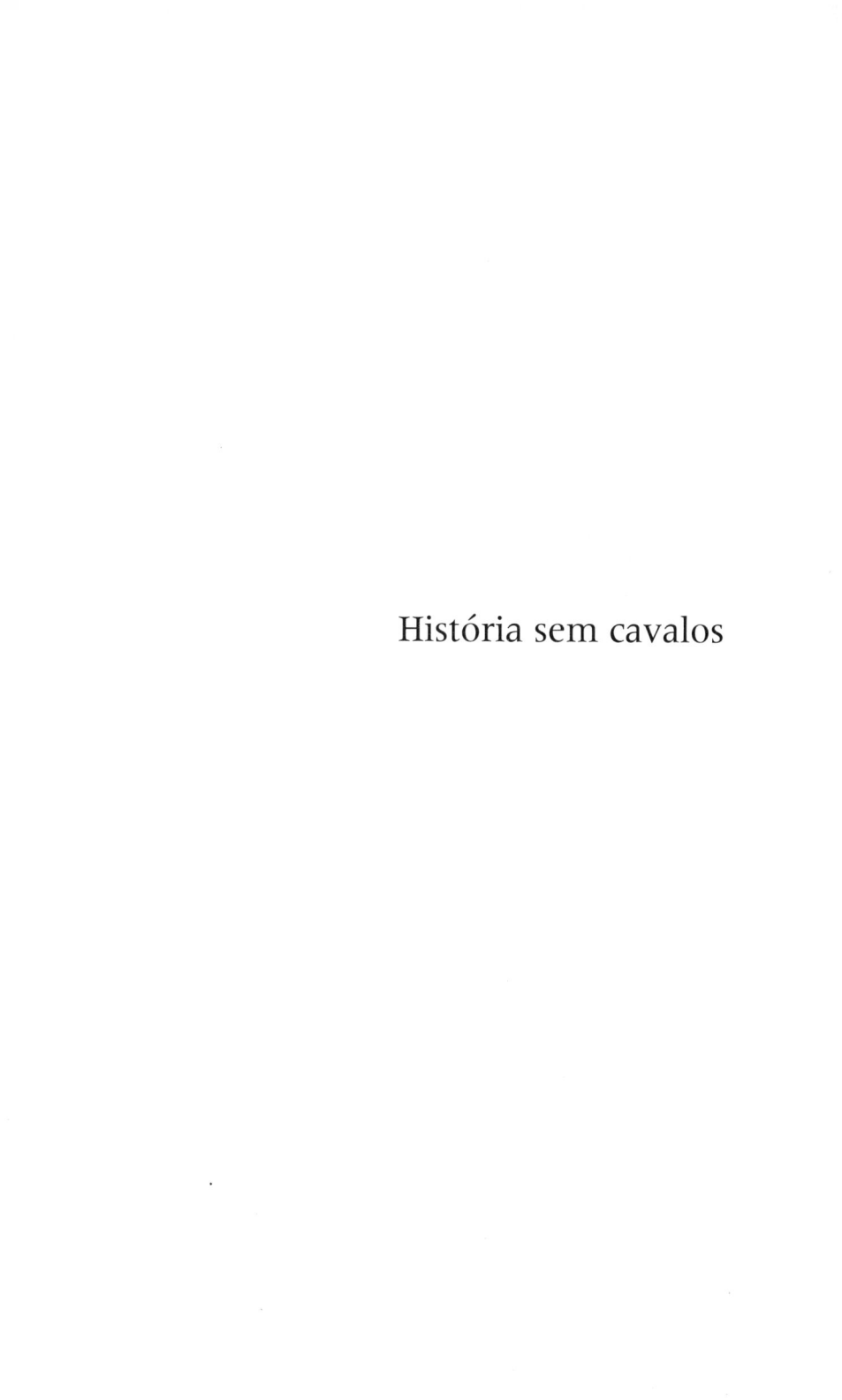

O Lelê era gordo, eu era bobo, o Frango e o Franguinho eram irmãos e eram nossos amigos. O Frango mais amigo do Lelê, que eles eram da mesma série e gostavam de videogames, enquanto o Franguinho e eu falávamos de cavalos. Eu estudava as raças e ainda sei que um appaloosa, quanto à estrutura, é semelhante ao quarto de milha de lida, ou seja, um animal mais troncudo do que longilíneo e de sólida ossatura. Mas o Franguinho montava melhor do que eu e sabia laçar, e na fazenda do avô tinha um cavalo chamado Uísque. Era um cavalo branco, mas por se chamar Uísque a sua pelagem para mim era dourada. O meu cavalo se chamava Guarani. Era um cavalo triste, mas isso não vem ao caso. Esta é uma história sem cavalos, o ano é 1987, o mês é julho e o dia é o do aniversário da minha prima Carolina, a caçula da família por parte de mãe.

Cheguei na festa de mãos dadas com a vó Ger, feliz com

os meus tênis novos, livre enfim das botas ortopédicas que eu odiava. Já havia alguns convidados sentados nas cadeiras de ferro da garagem e todos tinham acabado de sair do banho. Eu também tinha o cabelo molhado, e era bom sentir o vento frio no pescoço recém-saído da água quente do chuveiro. Beijei as tias, beijei as primas, os homens apertavam o meu braço e diziam que eu era forte como um touro. Puxou ao avô, minha mãe dizia, e eu me preocupava. Se o avô ouvisse aquilo, ele que uma vez quebrou a pia da casa da vó num murro e sabia o quanto eu era fraco. Olhei pro lado, pra antena da casa do vizinho, e quando o homem parou de falar e minha mãe ficou sem graça, decidi comer coxinha e tomar Coca.

Na cozinha, pegando o quarto ou quinto salgadinho de uma assadeira colocada sobre a tampa do fogão e coberta com um pano de prato, ouvi as vozes da minha irmã e das minhas primas vindas do quarto da Carol. Fui até lá. Elas se olhavam no espelho, comparavam vestidos, invejavam as bonecas que a Carol tinha ganhado. Sentei numa das camas — depois de mostrar o muque pra Patrícia e perguntar se ela já tinha visto alguém mais forte do que eu — e dei um pulo pra trás, tentando me acomodar melhor. Um pouco de Coca caiu no cetim azul de uma das bonecas, e a Carol começou a chorar. Ela gritava e tinha umas bochechas enormes; a minha irmã dizia "sai daqui, menino", e a Patrícia não me defendia. Fiquei desesperado, não sabia o que fazer, senti vergonha, medo, explodi:

— Cala a boca, Carolina! Cala a boca, Carolina! — Mas ela não parava. — Você vai ver quando a gente ficar sozinho... — ameacei, chacoalhando-a pelos braços, e olhei com ódio pra dentro dos olhinhos assustados. A expressão de pânico da minha prima me fez sentir um prazer que se traduziu em uma leve coceira na garganta. Depois senti nojo, e vergonha de novo, e então veio a pena, e quase veio o amor.

— Não chora, não — eu arrisquei, e passei a mão na cabecinha dela.

Ela empurrou minha mão — e eu fugi pro quintal. Estava cavando buraco pra enterrar os caquis que tinham apodrecido no chão quando minha mãe apareceu e disse:

— Fala o que aconteceu — e me levou de volta pra festa. — Olha só os tênis novos que eu te dei, vamos limpar isso aí, e amanhã você brinca no quintal o quanto quiser. Não vê que hoje não é dia de brigar? E a sua prima gosta tanto de você!

— A tia Lúcia tá brava comigo?

— Deixa de ser bobo, é claro que não.

Peguei uma bola de borracha velha que eu sempre deixava na casa das primas e fiquei batendo faltas no portão de ferro. Eu queria acertar no V, e acertei algumas vezes, mas num chute alto mandei a bola pra rua. Saí correndo porque era uma descida, e na esquina tinha um bueiro que já tinha engolido muitas bolas do bairro. Dessa vez não houve problema; alcancei a bola na altura da casa do seu Pocol e voltei com ela debaixo do braço fofo da japona, a cabeça pra trás pra inspirar melhor o ar, os olhos por acaso no sol frio e vermelho do inverno. Quando fechei o portão atrás de mim e vi os convidados lá no fundo da garagem, o Lelê já estava entre eles e os cumprimentava.

A gente andava se estranhando nessa época, e nos almoços na casa da vó ele ficava feliz quando chegava a hora de ir pra rua encontrar os amigos. Eu ia também, mas por obrigação. É que sempre um adulto falava que eu não devia deixar a infância passar em branco. Então eu seguia o Lelê pra não me sentir culpado por estar perdendo "a melhor fase da vida". Mas se eu pudesse não sairia nunca da casa da vó. Era o único lugar do mundo onde eu ficava à vontade e não queria me esconder, e pelas janelas abertas a luz entrava para encher a casa e o vento era uma curva ampla e clara nos meus pés. A casa da vó era o centro do mundo, mas não do mundo lá de fora.

O Lelê estendeu a mão frouxa pra mim, mas não quis chutar bola no portão. Quando ele entrou na cozinha pra pegar Coca, dei um chute com força, mas o portão é que era barulhento. Meu pai se virou e disse: ô, chuta mais devagar, né. Eu estava suado e tirei a japona. Minha vó disse que eu ia ficar resfriado, "alguém bota esse menino pra dentro", e minha mãe ia dizendo "que gostoso isso, que bom aquilo, olha lá os priminhos", enquanto me arrastava pela mão até o quarto da Carol, onde o Lelê estava contando uma história que o Du tinha contado pra ele. As meninas riam, a Nana mais, a Carol fez uma careta quando me viu. Sentei perto da minha irmã e fiquei puxando a perninha da boneca com que ela brincava. A borracha era macia, boa de torcer quase até dar um nó.

— Vou contar pra mamãe — ela disse.

Olhei pra cima e vi o forro de madeira riscado por sulcos diagonais. Eu nunca tinha visto o forro da casa das minhas primas, e percebi que não tinha a menor idéia de como era o forro da minha casa, nem o da casa da vó. A casa do sítio não tinha forro — isso eu sabia —, e por isso os quartos ficavam separados por baixo pelas paredes mas unidos por cima pelo ar que circulava na ausência de madeira ou de tijolos.

Já era tarde quando o Frango e o Franguinho chegaram; eu estava sozinho no quarto e corri pra ver o Franguinho. Ele conversava com a Patrícia, ela tentava pela milésima vez na vida amarrar os cabelos. Eu não sabia se atrapalhava o papo deles e chamava o Franguinho pra jogar bola. Mas o Frango já estava batendo pênaltis com o Lelê. A cada cinco chutes eles trocavam de posição: o goleiro virava atacante, o atacante virava goleiro. Até que o Frango me viu, parou a bola sob o pé direito e me convidou pra jogar.

— Chama o meu irmão também.

O Franguinho veio passando a mão no cabelo, a Patrícia foi andando devagar até a roda de meninas mais novas. Já quase junto delas, saiu correndo pra contar pra minha irmã alguma coisa feliz.

— Eu e o Lelê, você e o Franguinho — o Frango sugeriu a formação dos times.

Fizemos os golzinhos com tijolos, e o Lelê lembrou as regras principais: gol só dentro da área — que ele já tinha riscado com uma ponta de tijolo —; três faltas tá fora; cinco vira, dez acaba. Quem sai com a bola?

Eles saíram, mas nós fizemos o primeiro. E o segundo, o terceiro e o quarto — aí eles fizeram dois. Eu ficava na frente, o Franguinho no meio, marcando o irmão. O Lelê me marcava, e eu marquei mais um gol. Trocamos de lado, e ao passar pelo Lelê nós trombamos os ombros, mas ninguém se desculpou.

Agora o Franguinho ia pra frente, eu recuava pra defender. Fiz duas faltas no Frango, de propósito, e ele não fez gol nenhum. O Lelê disse pro Frango me quebrar, que eu estava folgando.

— Tá dentro da regra — retruquei, e nisso o Franguinho fez um gol.

Aí o Frango recuou, e o Lelê veio pro ataque. Ele chutava forte e driblava bem, embora fosse lento. Passou a bola à minha esquerda e correu pela direita pra completar o drible da vaca. Corri com ele, mas fui parar com a bochecha no chão por causa de uma ombrada que ele me deu. Caí em cima do braço direito e tive uma crise de choro. O Lelê riu muito, e os dois irmãos riram um pouco.

— Idiota... — eu disse baixinho, enquanto me levantava e enxugava o rosto no antebraço esquerdo.

— Quem é idiota? — o Lelê perguntou vindo na minha direção.

— *Você* é idiota.

— Repete isso!...

— Eu não. Você não manda em mim.

— Repete que você vai ver... Seu filho-da-puta!

— Filho-da-puta é você...

— Cê tá chamando minha mãe de puta?

— Cê chamou a minha primeiro.

— Cê tá chamando a minha mãe de puta?

E o filho-da-puta me acertou um chute no saco.

Botei as mãos onde doía, curvei o corpo pra frente, pro chão de lajotas vermelhas, e recomecei a chorar. O Frango e o Franguinho ficaram esperando o desfecho da briga, os socos que eu daria por uma questão simples de lógica. Olhei pro Lelê, mas o meu corpo era uma estátua magricela querendo fugir pra dentro do umbigo. Eu soluçava e imaginava golpes, mas a estátua magricela era um boneco de areia desmanchável. Minha cabeça era um pote de barro cheio de sangue, e eu tinha um só pensamento elástico em direção ao sol.

— Eu vou inventar uma luta! — gritei pro Lelê.

— Eu vou inventar uma luta! — os moleques gargalharam.

— Eu vou inventar uma luta! — e a minha mãe me tirou dali.

Sentado num degrau do fundo da casa, olhando as árvores, percebi que tinha dito uma frase ridícula e absurda, embora verdadeira. Entre os moleques eu seria agora o imbecil para sempre. Eles não esqueceriam aquela frase jamais. Não havia como apagar o que aconteceu. Mas eu teria que achar uma solução. Eu estaria obrigado a inventar alguma coisa pra justificar aquele dia, e os moleques seriam obrigados a admitir que eu estava certo. Mas o que eu poderia inventar? Minha cabeça era um pote de barro cheio de sangue, e eu tinha um só pensamento elástico em direção ao sol.

Na nossa cidade, antes do jantar

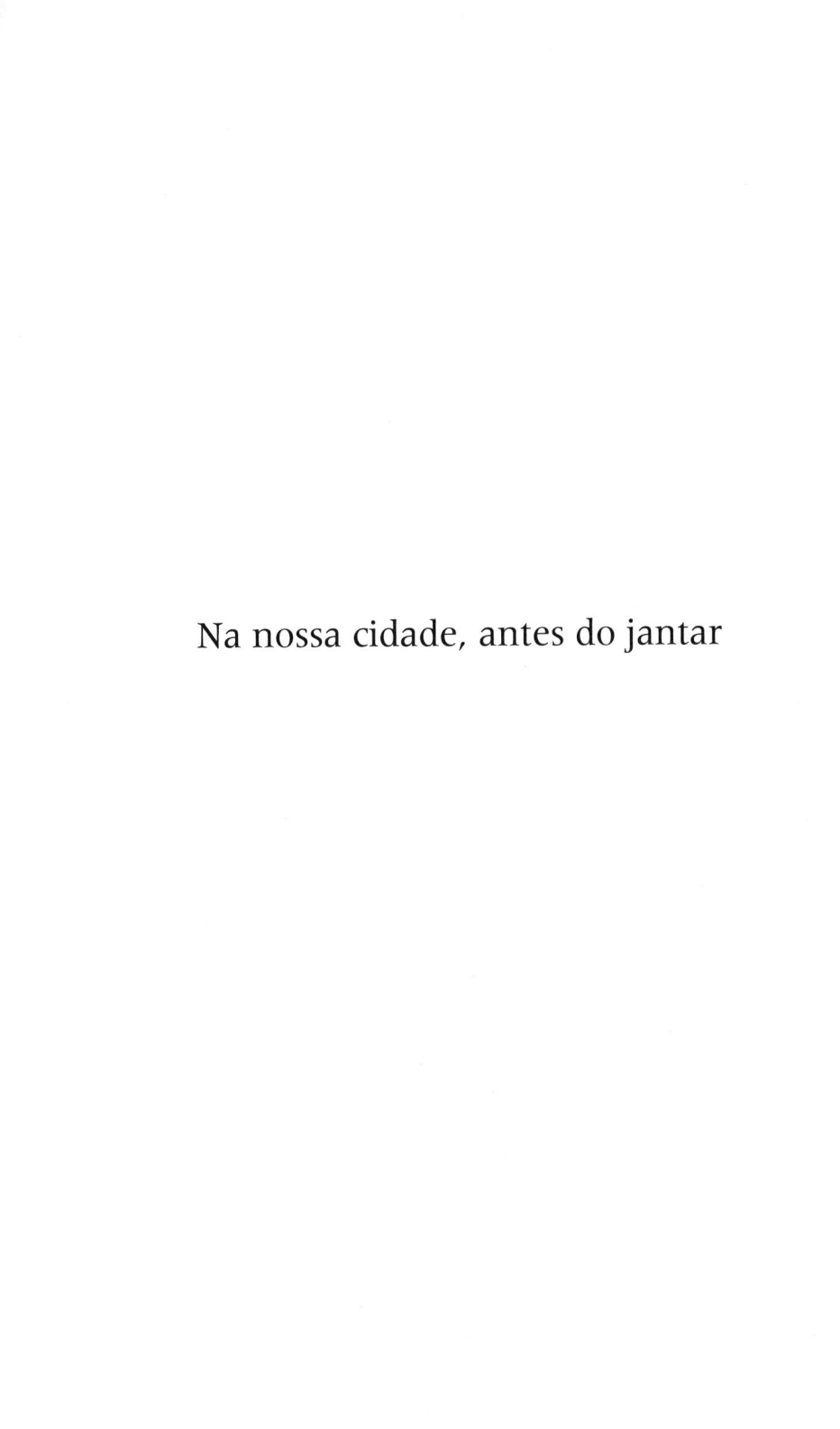

O Frango disse que gostava do inverno porque era quando ele vestia o seu casaco de lã de carneiro e ia bem cedo andar no meio do trigo. O Frango é agrônomo e namora uma menina da nossa cidade e por isso acaba indo pra lá a cada quinze dias visitar a namorada. Ele aproveita pra ajudar o pai a tocar a fazenda, e semestre que vem eles vão colher a primeira safra da soja que o Frango plantou. Estão todos ansiosos lá na casa deles, o Franguinho também ajudou a comprar as sementes e embora não tenha participado do plantio telefona toda semana pro irmão, querendo saber em que pé andam as coisas.

Mas houve um tempo em que preferíamos o verão. O Frango, o Franguinho, o Lelê, o Cadão, o Esquilo, o Fraquinho, o Jabá, o Gago, o Gustavo e todo mundo, eu devo ter esquecido alguém. Éramos uns dez moleques e tínhamos doze anos, o Cadão tinha mais. Tivemos essa idade por muito tempo e fazíamos os planos que fazem os meninos dessa idade. Mas depois de acertados os futuros de cada um de nós na base de um aparo rigoroso das arestas dos desejos pessoais, que sucumbiam aos desejos comuns, ficávamos um pouco cansados, tristes, sei lá. Sei que alguém se levantava da escadaria do colégio onde conversávamos antes de ir pra casa e dizia: preciso ir senão meu pai me mata, que horas então? E não sei quem decidia:

— Uma e meia em frente à casa do Frango.

Imediatamente eu virava pro lado do Franguinho e em voz baixa mas não muito pra não chamar a atenção dos demais perguntava o que que ele ia levar. Pão com queijo e bife e Coca, era a resposta. Isso mesmo? Claro, e o Franguinho ria de mim.

Eu saía com o coração acelerado pra chegar em casa. Corria pra atravessar as ruas e quando alcançava o outro lado aproveitava pra correr mais uns metros de calçada. Se já distante da escola surgia uma rua deserta, eu corria a rua inteira e voltava a andar só próximo da outra esquina, pra não ser surpreendido por ninguém.

Chegando em casa eu punha a bolsa em cima da cama, tirava os livros e os jogava em cima da escrivaninha. Trocava a camiseta do uniforme por uma vermelha com desenho de dragão, botava short velho, tênis sem meia, boné. Era assim que eu ia pra mesa comer em silêncio e ouvir as conversas dos meus pais, que nessa época jamais foram sobre política. Meu pai mandava eu comer devagar, e eu comia, porque não queria estragar minha tarde, nem que fosse pro Lelê me ligar perguntando se eu não ia, que estava todo mundo me esperando. Minha mãe roubava um pedaço de lingüiça do meu prato, fingindo gracinha, pra que a comida acabasse logo e eu pudesse levantar da mesa. Minha irmã saía sempre no meio do almoço pra atender o telefonema de uma amiga, meu pai ficava furioso. Eu pedia então a eles se podia ir, com cara de quem aceitaria numa boa uma resposta negativa; eles deixavam.

Eu estava escovando os dentes quando minha mãe chegava no quarto, perguntava o que eu queria levar pra comer. Pão com queijo e bife e Coca. Coca não tinha, servia Tubaína? Ela ia preparar o lanche enquanto eu pegava o canivete, passava uma água nele, via se o fio estava bom. Então eu me lembrava que os pneus da bicicleta estavam murchos, ou pelo menos o da frente. Ia até o seu Nicolau, e ele me atendia com cara de quem não gostava de moleque, e eu não sabia que tem quem não goste de crianças. Eu perguntava quanto era, ele fazia um muxoxo, eu nunca tinha que pagar nada. Voltava pra casa voando, pegava o lanche, já era quase uma. Saía de mochila nas costas, o boné bem apertado e rente às sobrancelhas, eu era sempre o primeiro a chegar na casa do Frango.

Mas ele ainda estava almoçando, o Cadão tinha ligado pra dizer que ia demorar um pouco, o Gustavo não ia porque o pai tinha mandado ele estudar. Eu esperava sentado no meio-fio, pegava um graveto da rua e ficava quebrando em pedacinhos, os olhos semifechados porque o sol estava demais. O Frango se aprontava, o Franguinho chegava antes, a gente conversava sobre as aulas de capoeira que eles faziam com um tal de Paulão que me dava medo. O Cadão chegava antes do Lelê, o Gago descia a rua com a bicicleta empinada e sem mochila, a cara preta contorcida num assobio, a roupa era a mesma com que ele tinha ido pra escola. A gente saía, enfim, o ânimo deles começando a se exaltar numa alegria afinada, mas eu já estava um pouco cansado de esperar.

Sair da cidade era uma questão de minutos, todo mundo soltava as mãos do guidão na descida do ginásio, eu ficava entre os últimos, o Frango e o Cadão na frente, o Gago fazendo maluquice no meio da molecada. O Esquilo cumprimentava tudo quanto é velhinha que passava, e eu achava o máximo ele dizer "boa tarde, dona Erminda", "como vai, dona Gertrudes?", porque pra mim esse tipo de cumprimento era coisa de adulto, moleque na minha cabeça só dizia "oi", o resto soava artificial.

O asfalto acabava e aí é que a coisa começava de verdade, minha alegria voltava e eu grudava na bicicleta, eu não tinha orgulho nenhum ainda. O cheiro do mato me empolgava, eu metia o nariz no vento e achava isso meio absurdo na época, mas fazia a coisa mesmo assim. Pedalava forte, deixava meia dúzia pra trás, mas não conseguia alcançar o Gago, lá em cima já, passando o matadouro desativado. Do túnel eu não gostava, o ar escuro ali dentro, as paredes que eu nunca vi, aquilo era um monumento de ausência. Mas em cima era a rodovia Raposo Tavares, que saía até na tevê, dava um alívio.

A estrada agora ficava mais escura, era uma terra melhor, quando chovia carro não passava, as bicicletas ignoravam qualquer obstáculo. Alguém gritava, sempre, mas isso eu nem precisava ter falado, qualquer lembrança dessa época vem acompanhada de um grito de euforia. O Lelê aparecia do meu lado, estava com sede, eu não tinha água mas a mina estava perto.

Eu ia pra perto do Franguinho, a gente era muito amigo, eu perguntava se a Ivana gostava do Frango. O Esquilo passava fazendo careta, xingava a mãe do Gago, o Cadão já nem dava pra ver de tão na frente. Chegávamos na mina, eu não tinha visto e parava duma vez, o Lelê vinha atrás e não me via parar, o guidão dele ficava preso embaixo do meu selim, o Lelê passava voando e caía de cara no chão, uns oito metros pra frente. Tragédia: ele mal conseguia andar, tínhamos que carregar a bicicleta dele o resto do caminho, eu numa puta culpa.

Mas já dava pra ver a casa, de longe parecia de brinquedo, eu perguntava: não parece de brinquedo?, mas ninguém achava nada demais naquilo. O Gago abria a porteira, dizia: vamo logo, caraio. O Frango era o dono do sítio, o Franguinho também, e dava um jeito de mostrar: pegava um chicote do galpão, rodava no ar como um peão de verdade. O Gago em cima da árvore, o Cadão no cavalo, o Esquilo mexendo no armário da cozinha, o Frango conversando com o empregado, eu procurando a bola no quarto da mãe do Frango (um crucifixo de madeira, um estrado encostado na parede, uma tevê empoeirada sobre a mesa bamba, uns tênis brancos e velhos).

Descíamos pra cachoeira, ninguém de camiseta, todos descalços, as pedrinhas machucavam o pé mas eu disfarçava, a bola debaixo do braço. Eu olhava pros pássaros pensando no meu estilingue, mas nunca tinha matado passarinho nenhum; meu avô sim, muitos. O riozinho era raso e limpo, onde era fundo era sujo, eu tinha nojo. Ziguezagueávamos trezentos, quinhentos metros, o Cadão na frente, o Gago, o Frango... A cachoeira aparecia, era um barulho e a coisa mais bonita que eu já tinha visto. A explosão da água, a flor imensa d'água, um excesso do mundo. Era muito impressionante, e uma coisa impressionante era o que poderia não existir e o mundo seria o mesmo, mas existia e o mundo não podia ser o mesmo depois. Os moleques olhavam pra cachoeira, brincavam nela sem pensar nela. Eu demorava um pouco pra entrar no poço, tomava uma bolada na cara: entra logo, viadinho.

Jogávamos pólo aquático, que alguém tinha visto na tevê. O Cadão dava caldinho no Gago, o Frango no Franguinho, eu tinha vontade de afogar um também. Mas subíamos o rio, contornando a cachoeira pelo barranco, andávamos até bem longe, nuns lugares mais silenciosos, até um poço maior de água escura, barrenta. Eu achava aquilo perigoso, e o pólo aquático se transformava em futebol americano, os moleques enfim arrumavam motivo pra trombadas, porradas, sadismos. Não sei de quem era a idéia, minha nunca foi, de nos pintarmos com aquele barro preto. Todos pelados, o barro no lugar do short que carregávamos na mão. A gente voltava pra cachoeira, como se fôssemos reconquistá-la, depois de aventuras que ela, a cachoeira, desconhecia. Mas alguma coisa dava errado, sempre.

Lembro que o Cadão voltava, o dedo na boca em sinal de silêncio, dava um tapa na cara do Gago, que não ficava quieto. Tinha gente lá. O Bartoli, o Franciosi, não lembro quem era agora. Tinha gente na cachoeira, três casais de namorados, um grande, um normal, um pequeno. Íamos por cima, pelo barranco mais alto, por trás das árvores e correndo o risco de um ataque dos bois do vizinho, isso sem falar nas cobras, a gente descalço e pelado, eu punha a mão no pau murcho pra me defender. Até que encontrávamos uma clareira, de onde se podia ver a cachoeira, lá embaixo, e os três casais em graus diferentes de intimidade. O casal mais velho estava concentrado, homem e mulher com água até o pescoço e o mesmo olhar quente, úmido, obsceno. O casal do meio parecia alegre. O terceiro casal se agarrava por obrigação, sem os outros dois jamais aquela gata daria bola pra um imbecil daquele, eu sabia quem ele era. E acontecia que quando a gente cansava de olhar as sacanagens deles, quando todo mundo tomava consciência de que as sacanagens eram só deles e nós não faríamos parte da bagunça, tínhamos a idéia libertadora de acabar com a farra, de ferrar as fodas dos namoradinhos.

Descíamos o barranco gritando, tinha o disfarce barrento de selvagens pra permitir que gritássemos e partíssemos pra dentro do poço da cachoeira, pra cima dos casais, o Lelê passava a mão na bunda da mais nova, o Gago na bunda do mais velho, que então perdia a paciência. Vocês passaram dos limites, eu vou dar porrada, seus moleques, o cara ficava ridículo, eu ria muito por dentro e um pouco por fora, ele percebia, que que cê tá rindo?, eu quase chorava. O fuzuê continuava, o Franguinho sentava num buraco da cachoeira, a água repartia o cabelo dele no meio, o Fraquinho ia pra lá também, formava fila. Um mergulhava e aparecia do outro lado do poço, ia até bem perto do casal intermediário, voltava, era o casal que não falava nada, que nunca tomaria a decisão. O Frango subia numa pedra, pulava espalhando água na cara de todo mundo, a mulher mais velha tinha um chilique, o cara ficava bravo com ela, era óbvio que ela era uma fresca, mas ele tinha que se voltar contra nós. Filhos-da-puta, eu vou pegar um por um na cidade, conheço vocês. Ele não me conhecia, mas eu ouvia ele dizer (e agora me lembrei do Bruninho, que ia com a gente também e era totalmente maluco) "filho da Eurides com o Deildo", o Bruninho chorava, acho que todos se amedrontavam um pouco. O Cadão ficava puto, dizia que se ele relasse a mão em qualquer um de nós os irmãos dele iam matá-lo. Eu nunca soube se os irmãos do Cadão eram mesmo capazes de matar alguém, mas ele falou isso tantas vezes que todo mundo acreditava, tudo se resolvia graças aos irmãos do Cadão e talvez eu deva a minha vida a eles, não sei. Surgia um silêncio, o barulho dos pássaros, a água se movendo depois de tantos pulos do Frango, dos mergulhos do Gago. O Cadão decidia que íamos embora, eu pensava: já?, o cara pegava a sacola bonita que estava sobre uma toalha na areia seca, tirava de dentro uma sacolinha de plástico, cheia de laranjas, e a entregava ao Cadão. Eles se davam as mãos, eu não entendia aquilo, me dava um nojo que eu demorei pra saber o que era mas depois aprendi.

    No caminho de volta o Franguinho tirava um short e uma cueca de dentro do short dele, todo mundo ria, o Gago queria ficar esperando os casais só pra ver o mais velho pelado, humilhado. O Frango dava uma bronca no irmão, dizia que ele tinha estragado tudo, agora a gente estava errado: eu ia apanhar assim que chegasse na cidade.

    Comíamos os lanches, o Gago comia um pouco do de cada um, alguém dizia que preto era assim que se virava, um outro ria. Eu estava cansado e pensava no meu pai com carinho, passava a raiva do almoço. Então ia até a mangueira grande que tinha atrás da casa, sentava no chão, encostava no tronco imenso, olhava o pasto de pangola longe. Os cavalos comiam do mesmo modo, o céu formava nuvens carregadas, o sol estava se pondo. Amanhã eu iria pra fazenda com o avô. Correria a cavalo, suaria bastante, comeria carne com arroz, feijão e pimenta. Mas hoje o dia estava acabado, podre e triste.

Antes de chegar na cidade, pouco antes de escurecer de vez, a gente ia se perdoando, descia a última ladeira de terra, um vento frio se descolava do fino azul do céu. A gente entrava no asfalto, a cidade quente das luzes do jantar era uma mãe generosa e fingia que não tinha acontecido nada. O barulho dos garfos nos pratos, das panelas de pressão chiando, dos grilos e das cigarras e da buzina de algum desconhecido crescia, crescia, crescia — era um barulho espalhafatoso e feminino e um dia iria explodir como uma bomba sem maldade.

Escoteiros

No primeiro acampamento de que participei recebi a medalha de melhor enfermeiro, o que não foi grande coisa, já que só um garoto, por acaso da minha patrulha, se machucou durante o fim de semana. Tive que fazer um curativo no joelho rasgado pelo facão, enquanto um cara mais velho e que eu detestava dizia que precisava dar pontos, eu ia ter que me virar, afinal eu não era um escoteiro? Demorei até entender que era brincadeira.

O segundo acampamento foi em Piquerobi, num feriado de Finados, e passamos só uma noite e um dia na cidade. Meus pais apareceram, porque não era longe, foram até a praça onde a gente estava acampado e me levaram uma coxinha e uma Coca, porque imaginavam que eu poderia estar passando fome. Eu dei uma mordida na coxinha e um gole na Coca e disse que a comida do acampamento era melhor, eles não precisavam se preocupar. Eles ainda não tinham visto a rua forrada de pedrinhas coloridas, formando cenas bíblicas, e eu fiquei ansioso pra mostrar pra eles, e saímos dali. O Gilson falava numa roda de moleques, ele olhou pra mim, pra eles de novo, e riu, então todos olharam pra mim e riram: o Gilson era um cara engraçado, a gente sempre ria por causa dele. Nem todo mundo, claro, tinha sempre um ou outro que não achava a menor graça.

Do terceiro acampamento são as lembranças mais confusas. Não consigo acertar a ordem dos acontecimentos: a roda de patrulhas ao sol vem antes ou depois do banheiro inundado em que eu tomava banho respirando o mínimo e de olhos fechados pra não vomitar? Lembro bem da mata que ficava atrás do refeitório: era onde as provas mais difíceis aconteciam. Lembro que as patrulhas das outras cidades tinham uniforme azul — o nosso era cáqui — e um dos meninos era loiro e forte como um soldado americano, e eu tive vontade de ser esse menino, nem que fosse pra trocar de pai e mãe, contanto que minha irmã pudesse continuar sendo a mesma. Lembro que numa das provas vendaram os olhos da gente e colocaram um monte de coisas perto do nosso nariz, a gente tinha que adivinhar se era pimenta, canela, bosta de cachorro. Acho que não consegui distinguir a bosta da pimenta, só o Geildo é que sabia dessas coisas e melhorou a nossa pontuação. Lembro que os chefes não estavam muito animados, eles conversavam com os chefes das outras cidades na maior intimidade, nem parecia uma disputa. E também falavam à noite, ao redor do fogo onde o Gilson fazia o macarrão, sobre carros e dívidas, sobre o aluguel que era um absurdo, e eu me lembrava dos meus pais felizes com a compra da casa, a reforma ia de vento em "polpa" e logo seria uma casa linda, só pra gente se divertir.

Mas não sei por que eu tinha tanto medo daquele refeitório, onde depois da janta a gente ia beber guaraná e comer chocolate. Ficava a uns trezentos metros das barracas, era branco, um cubo branco, em cima dele tinha umas caixas de som. Eu atravessava o gramado pra comprar alguma coisa sem saber o que fazer com os braços, a meia cinza esticada até o joelho, desejando voltar pra barraca e me enfiar debaixo do lençol, de roupa e tudo, e então ouvia a voz aguda do cantor de rock inundando sem dó o gramado e a mata atrás — a minha indecisão dobrava.

O Anderson não gostava muito de mim nessa época, mas me chamava pra sentar com eles e elas, umas bandeirantes até que bonitinhas pra bandeirantes, que eu não sabia se cumprimentava ou se ficava na fila uns minutos e comprava bombons. Eu sentava, levantava a mão pra elas, mas o chapéu do Fernando era grande, elas não viam o meu oi. Eles gostavam de boate, elas também, em Adamantina tinha uma excelente, eles não conheciam. Então eu vi, sentado na outra mesa, o Paulo olhando pra dentro da mata, um olhar em linha reta até o escuro, onde o olhar se abria como um ponto se expandindo entre as árvores, feito uma sombra circular crescendo. Eu achava o Paulo um escoteiro dos melhores, diferente daqueles ali pra quem tudo era motivo de festa, de risada exagerada, de grito sem motivo. Os chefes riam também, embora não gritassem.

Mas as meninas queriam ir pra perto da fogueira. O Paulo foi o primeiro a se levantar pra acompanhá-las; andando, ele virava a cabeça pra ouvir o que uma delas dizia, olhando nos olhos como se pra dentro da mata.

Foi aí que o Gilson me disse que uma delas, a Juliana, era gostosa. Eu concordei com ele, e passei horas reparando na menina, já era o segundo dia e amanhã iríamos embora. Ela gostava de cavalos? Tinha um avô que nem o meu? Era boa aluna? Era da minha idade ou sete meses mais velha? Abaixei um pouco aquelas meias cinza e perguntei, perto da fogueira, alguma coisa cuja resposta foi:

— Não, eu não acho chato ficar aqui, não.

O resto da noite foi uma bosta, o Gilson bancando o bacana. Mas as meninas eram novas demais pra ele, ele sabia disso e sacaneava um de nós: eu.

Dormi mal e acordei pronto pra voltar pra casa. Deixei a mochila arrumada e fui cumprir as últimas provas.

Me esforcei mais que todos, tenho certeza. Tanto que o chefe mais velho me elogiou pra outro, o Anderson que ouviu e me contou, fingindo que era uma coisa normal. Fiquei orgulhoso porque esse chefe era um mito entre nós (matava cobra, já tinha matado onça, era silencioso e bom), além de ser o oposto daquele gordo e sardento, bebedor de cerveja e contador de piadas de que os magricelas riam. As piadas eram sobre loiras gostosas, "setinhas", provavelmente também sobre índios. Eu achava índio estranho, mas tinham a pele lisa e não faziam piadas de gordos sardentos. Eu gostava de índio e queria gritar na cara do filho-da-puta: você não é um escoteiro de verdade.

Banho, depois eu tomava em casa; comi arroz-de-carreteiro, mas continuei com fome. Fui comer um salgado no refeitório. Eu não estava sozinho, só não tenho certeza se era o Renato que estava comigo. Os outros chegaram depois, as meninas conversavam com o homem do som, que não comeu nenhum dia, nem conhecia ninguém, cuidava do som apenas. O menino loiro e forte, o mais forte de todo o acampamento, chegou com uma camisa preta de banda de rock e chinelos novos. A verdade é que ele tinha se fantasiado de escoteiro esse tempo todo, ou o contrário, agora não dava pra saber. De repente tive a idéia de trocar de roupa, afinal era o último dia, os meus amigos estavam metade de roupa comum, metade ainda de farda.

Voltei com a única roupa mais ou menos que tinha levado, tinha tirado o boné e jogado água nos cabelos. E fiquei conversando com o Renato, que estudava comigo. Ele ainda estava fardado, a boca como sempre um pouco aberta.

— Fecha a boca! — eu disse, e ri.
— E você? Seu cabeçudo! — ele deu o troco.

As meninas estavam olhando pra mim? O Geildo e o Anderson estavam com elas; o Paulo tinha desaparecido. Levantei um jóia pra eles, as meninas riram. O moço do som tinha descido, tomava cerveja, era amigo dos chefes também. No fundo não era ruim todo mundo ser um pouco amigo, até o gordão ficou menos agressivo e devia ter uma televisão e mulher em casa. Olhei pro céu: a lua minguante era bonita também, não só a cheia, a nova também.

Mas então o som parou de uma vez. O homem do som não ia subir e dar um jeito?

Ele simplesmente olhou pra cima e sorriu pras meninas, que seguravam o microfone com oito mãos e pareciam felizes. A Juliana estava entre elas, e era sem dúvida a líder do grupo. As meninas se examinaram entre si (elas eram lindas), e a Juliana abriu na minha direção uns olhos enormes, que diminuíram os meus, e chamou o meu nome, e elas disseram o nome da nossa cidade em uníssono e deram o recado:

— Você não é um escoteiro de verdade.

Depois o chefe mais velho demonstrou toda a amizade que tinha por mim, o Bolinha também; o Paulo era sempre sério, eu não esperava nada dele.

Em casa tomei banho quente e sem cabelo de saco de ninguém no chão inundado. O chão era limpo, e a toalha que minha mãe trouxe tinha sido recém-lavada. Meu pai tinha toda a razão quando dizia "esse chuveiro é muito bom", não era uma frase boba e óbvia como eu imaginava. Meu pai devia saber de muitas coisas que eu nem imaginava, mas o que eram as coisas que eu nem imaginava?

Dois meses depois disse ao chefe mais velho que ia dar um tempo e até hoje não voltei.

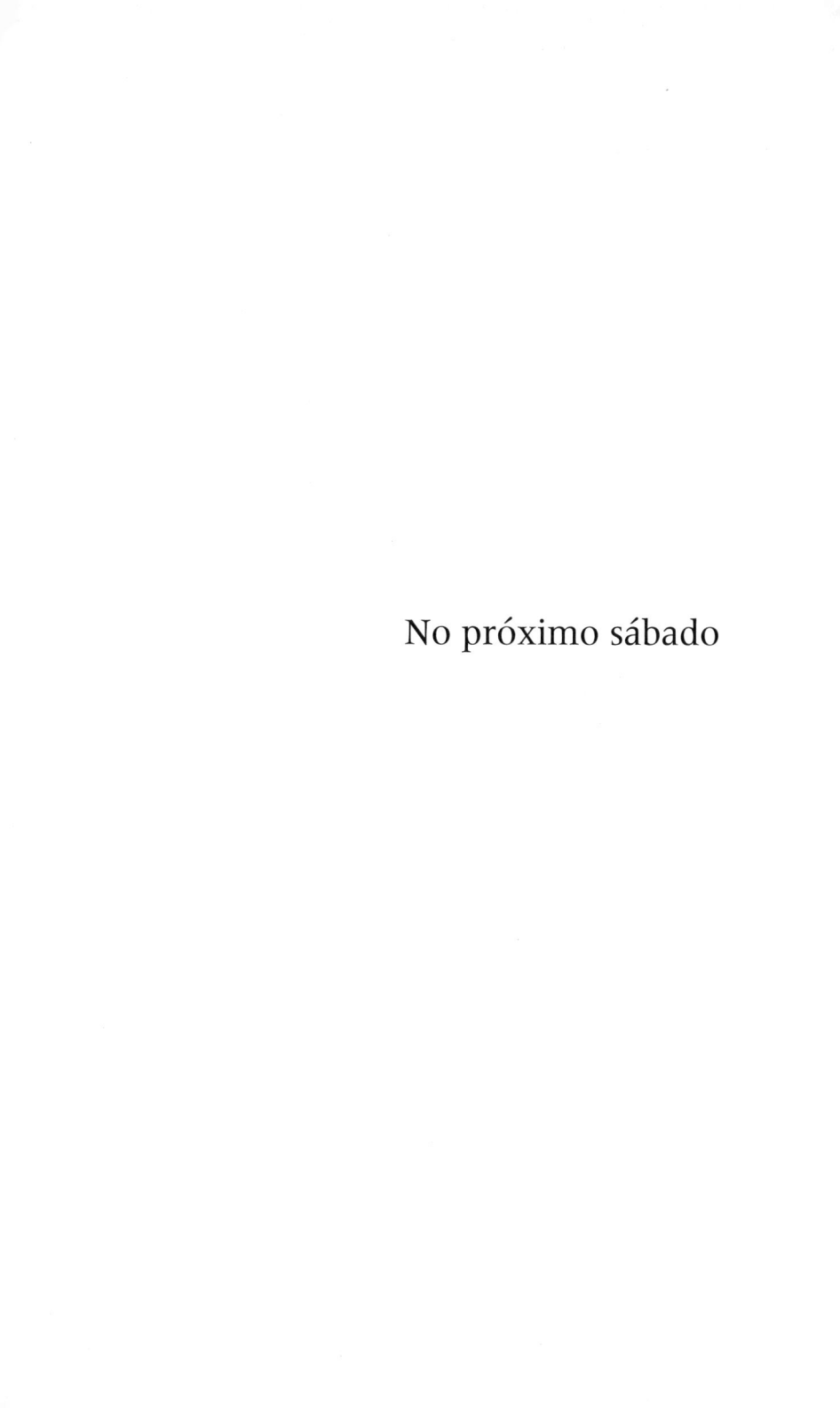

No próximo sábado

Antes que eles decidam me espancar porque eu não sabia que ela tinha namorado e perguntei pra uma amiga em comum se ela estava sozinha. Não estava, e o meu interesse pela menina foi dar no ouvido do namorado ciumento, que comunicou aos amigos, e eles deram certeza que me quebrarão os dentes no próximo sábado, ou no seguinte, caso eu resolva desaparecer por uns dias. Mas antes que eles decidam de fato me espancar, quero contar a história do acampamento de 1992 em Presidente Epitácio, no fim de semana em que seria eleita a Miss Turismo Regional. A Ana Elisa representava a nossa cidade, e acompanhando a turma de amigos do meu primo Rodrigo fui aplaudir as pernas firmes da Ana Elisa e beber cerveja olhando o rio Paraná e as estrelas escorrendo nos cascos dos barcos.

Os amigos do meu primo gostavam muito de rock e de maconha, e eu tentava imitar o gosto deles porque admirava a maneira decidida como eles andavam, embora nem todos fossem charmosos ou bonitos ou educados. Um ou outro eu imaginava que pudesse ser um idiota, o que significava pouco mais que incapacidade de conversar com pessoas de outras idades. Mas eu não sabia bem o que podia ou não imaginar e acreditava que o pensamento era livre como um balão; eu mudava de balão tão logo enjoava de um pensamento. Tinha catorze anos, eles tinham dezenove, hoje perdemos o contato; e quando por acaso nos encontramos nenhuma das partes faz questão de manter as aparências de uma suposta amizade que definhou. A gente se olha apenas uma vez nos olhos, e todo mundo sabe que é melhor que seja assim.

Mas na época do acampamento de 92 eu gostava deles, e eles me emprestavam discos. Eles equipavam os carros com caixas de som poderosas, e foi testando o quanto eram boas as caixas que chegamos a Epitácio, meu primo, o Morto e eu no fusca azul do meu primo. O Perna e o Tuíter chegaram antes e pregavam as estacas das barracas, enquanto o Manguaça despejava o gelo no isopor das cervejas. Acho que foi mais ou menos nessa hora que um outro cara da nossa cidade, mais velho e de outra turma e que tinha vindo a Epitácio na noite anterior, parou o carro onde a gente estava, sem camisa e segurando a cerveja com o braço todo pra fora do carro, e disse pra gente tomar cuidado, porque em Epitácio os caras são criados na beira do rio e por isso são ágeis e perigosos. Era melhor não bobear com "caiçaras"; beber sossegado e só conversar com mulher na certeza de que não era namorada de ninguém.

Bebi a noite inteira sem olhar pra menina nenhuma, e

se não tivesse encontrado a Aline com os pais comendo uma porção de batatas fritas, e se eles não tivessem me deixado tão à vontade, acho que teria passado a noite na barraca, porque eu estava com medo e não entendia como meu primo e os amigos dele conseguiam relaxar sabendo o que sabiam sobre os caras de Epitácio. Atravessei o gramado em direção ao nosso acampamento, que ficava atrás do palco, com os olhos no chão, o boné abaixado, os ombros curvados e a cerveja na altura do umbigo — depois que a Aline e os pais seguiram pro hotel sem me deixar pagar parte da conta. Os caras podiam surgir do rio a qualquer momento, feito cobras, feito sombras, com seus corpos traiçoeiros, que eles eram nadadores. Abaixei mais o boné, que eu adorava e tinha sido presente de um outro primo — e apertei o passo.

Dormi bêbado e acordei pouco depois pra vomitar. Era a vez do Jão cuidar das coisas e das barracas, por isso foi ele quem me deu um antiácido, água, cerveja. Quando o Chorume apareceu pra cumprir o seu turno de vigia, o Jão pegou a carteira no porta-luvas do carro.

— Vamo comigo lá pra frente do palco, tá cheio de mulher.

Era verdade, e me apaixonei pela dançarina da banda. E levantei o boné e abri os ombros, mas não cheguei a dançar. Fiquei de frente pro palco, olhando nos olhos dela até que ela resolvesse olhar para mim e até o fim da noite nos meus olhos e até o fim do mundo, que era uma água escura e pura onde havia um sentimento definido.

O Tuíter pegou meu boné, ele que nunca conversava comigo, mas jogava vôlei bem, eu queria ser seu amigo; saiu dizendo que depois voltava pra me devolver. O Chorume já tinha cumprido o tempo de guarda, o Manguaça foi até as barracas; o Chorume acendeu um baseado — fumei também — e me deu pra segurar o resto do fumo. O meu primo tinha desaparecido, e o Marco beijava uma menina bonita — ele era o que não falava e com quem as coisas aconteciam. Meio sem jeito, pedi pro Chorume guardar a maconha com ele.

Fui dar uma volta pra ver se encontrava mais alguém da nossa cidade, não encontrei ninguém. Comi um cachorro-quente, tomei uma Coca e fui ao banheiro, onde fiquei um bom tempo. O papel tinha acabado, e tive que limpar com a cueca.

Quando voltei pra frente do palco, vi um amontoado de gente e alguns policiais afastando os curiosos. E então vi o Marco com a boca sangrando e nervoso, ele não estava sentindo medo mas ódio. E o meu primo Rodrigo: um olho fechado e roxo e outro apertado como o de um elefante, o lábio superior rasgado e pendurado como um pedaço de filé de peixe — a voz mastigava coisas como "eram uns dez", "o Marco tava sozinho", "aiii", "filhos-da-puta", "tinha cabelo preto e liso".

No hospital, o Manguaça e o Jão estavam assustados e comentavam que o Rodrigo não podia ter feito isso; agora eles ficavam o fim de semana ou teriam que ir embora? Os caras sabiam onde estavam as barracas, eram uns playboys de Epitácio, toda semana arrumavam problema, disseram os policiais, não foi culpa do amigo de vocês. Agora o Rodrigo estava deitado, com os músculos moles e os ossos quebradiços e ocos de frango. Mas o médico disse que não ficariam seqüelas, o lábio com plástica ficava bom. Sentei num banco da entrada do hospital — e os meus sapatos me pareceram grandes demais.

Uma hora depois os velhos chegaram: meu pai, meu tio Mário e meu tio Fernando, pai do Rodrigo. Entraram sérios no hospital e mal me cumprimentaram quando passaram por mim. Eu ia segui-los, mas meu pai disse: fica aí. Logo os três voltaram, e meu tio me perguntou se eu era capaz de reconhecer os caras, eu disse que não, e eles disseram "vem com a gente".

No carro o tio Mário me jogou um bastão de madeira na mão, e o pai do Rodrigo falou que pegava um bosta qualquer, não precisava ser um deles não, bastava ser de Epitácio, novo, riquinho. Meu pai olhava pela janela, não olhava pra mim, e meu tio acelerou pelas ruas do centro; depois voltamos ao camping e às barracas. O pai do Rodrigo desceu do carro com um bastão, e eu de cima do barranco mijei no rio. Meu pai conversava com o Tuíter, o pai do Rodrigo não queria papo com ninguém, o Tuíter veio me dizer que tinha perdido meu boné na confusão mas comprava outro. (Não comprou até hoje, mas também não uso mais boné.)

Eles ficassem de olho, a gente voltava logo.

Andamos por toda a cidade, os tios com a cabeça pra fora da janela, meu pai com o nariz e os olhos quase grudados no vidro. Perguntei pela minha irmã, se ela viria no dia seguinte, mas meu pai disse que não era hora de falar dessas coisas. E fui lembrar das histórias de brigas contadas pelo avô. Não eram assim, aconteciam de dia e não tinham carros nem bastões. Nem tios nem moleques covardes, nem playboys desaparecidos. Depois pensei no Rodrigo no hospital, a boca de esponja sangrando numa cidade estranha.

Meu tio parava senhores na rua e queria que eles informassem onde estavam os moleques donos das XL (uma amarela e branca, outra branca e vermelha) e do gol preto com vidro fumê. Ninguém sabia, e quando atravessamos a ponte e chegamos ao Mato Grosso do Sul ele não perguntava mais nada, nem os tios se falavam entre si ou com meu pai. Meu pai apenas rosnou algumas vezes: se é com um filho meu, eu mato. Mas já estava amanhecendo, e é claro que os moleques já deviam ter se mandado, já deviam ter escondido o carro e as motos, já deviam ter chamado os pais e amigos, e se o delegado conhecesse os pais deles, é provável que já estivessem atrás de nós.

No acampamento meu pai perguntou se eu não tinha levado mais nada, mas era só aquela mochila mesmo, e eu me despedi dos amigos do Rodrigo com a vergonha de quem passa a torcer pra outro time. A estrada era boa, meu tio pisava fundo, e o céu clareava não sei pra quem.

No dia seguinte não voltei a Epitácio com os meus amigos, mas por eles fiquei sabendo que a Ana Elisa não era a nova Miss Turismo Regional. Venceu uma gata de Dracena. Você tinha que ver que gostosa.

A tia do cara e a vó do meu amigo

Mamãe e eu fumávamos à tarde, sentados na janela do meu quarto ou no salão lá de baixo, sabendo que era proibido. Quem proibia era o pai, porque eu tinha bronquite, mas também porque o pai dele teve dois enfisemas por causa do cigarro. O pai dele era o avô com quem eu ia pra fazenda e aprendia os nomes das árvores: farinha-seca, cipó-de-são-joão, angico, ipê-roxo. O avô fumava escondido da família, só de mim não escondia o vício — e eu ouvia as histórias do tempo em que ele plantava tomates e domava cavalos.

Foi minha irmã quem me ensinou a fumar. Ela me chamava de burro e ria: como você não consegue? Ela era bem mais nova do que eu e aprendeu rápido, nos sábados de baile ou boate, nos domingos de ressaca e conversa na esquina do banco. Eu tentava de novo, mas nada — e a garganta doía. Isso dia após dia, de vez em quando com o

Frango ou o Lelê lá em casa, bancando também os professores. A Cátia, a empregada, fazia café pra acompanhar e dizia "ê, molecada", mas não fofocava nunca. Até que dei a primeira tragada sem engasgar, e fumei o cigarro todo, e em menos de um mês estava fumando um maço por dia. Eu tinha quinze anos.

Minha mãe tinha trinta e poucos e voltava do trabalho às quatro ou cinco da tarde, gritava "filhinho", eu parava de ler, pegava o maço de cigarros da gaveta da escrivaninha e ia pra cozinha. Minha mãe guardava os dela no bule de cobre, porque em casa ninguém tomava chá. O pai só voltava às seis, às vezes sete horas — e nós descíamos pro salão ou subíamos no parapeito da janela do meu quarto. Eu subia, minha mãe sentava na cama, que ficava perto.

Ela tirava os sapatos e contava o dia de trabalho, sempre rindo ou dizendo "mas que raiva de fulana" — ela não gostava de sentir raiva. Perguntava se eu tinha estudado, eu dizia que não precisava, que eu era foda. Ela confirmava: que bom, e lembrava de algum amigo meu que ia mal na escola, o pai queria matar, olha, não é brincadeira. Eu olhava a casa que parecia um castelo no alto do morro, onde morava gente chique; e o nosso quintal, onde uma vez enterrei uma estrela de xerife pra procurar vinte anos depois, cheio de mangas apodrecendo no sol. O céu, como a polpa das mangas, ia ficando alaranjado.

O meu cigarro era mais forte que o da minha mãe, mas eu fumava dois, e ela um só. Depois ela ia tomar banho, e eu acendia outro, antes de ir pro banho também. Ela saía do quarto com os sapatos brancos na mão: ai, que bom que eu vou tomar banho. Eu relia um poema do Drummond ou do Bandeira, porque fazia dois anos que eu lia poesia e só lia Bandeira e Drummond. Qual dos dois era o Batman, qual dos dois era o Robin? Eu não conseguia definir, eu que classificava tudo em Batman e Robin. (O meu cigarro era o Batman, o da minha mãe o Robin.)

Quando o pai chegava a gente já tinha tomado banho e assistia à novela, ou eu ia andar de carro com o Gustavo, que o pai dele deixava dirigir sem habilitação. Minha irmã nessa época namorava um cara mais velho que eu, e o pai ficava com ciúme, às vezes eu chegava em casa e eles estavam brigando. O pai também brigava se visse um de nós fumando. Uma vez ele quase quebrou a mesa na frente dos meus amigos, porque saiu papo de cigarro. Todo mundo tinha começado a fumar e só se falava nisso: é bom depois do almoço, cagando, com cerveja, depois de uma trepada. Mas acho que nenhum de nós tinha trepado ainda. O pai estava passando pela cozinha, ouviu a conversa, começou a gritar e a dar tapas na mesa.

— Filho meu é melhor cheirar cocaína, juro que eu prefiro.

Mas eu não preferia; aliás, nunca nem tinha visto cocaína. Maconha já, foi quase junto com o cigarro, num dia de baile no clube. Saímos num carro em quatro ou cinco caras, dois amigos de infância e dos outros não me lembro. Vomitei muito no banheiro do clube, acho que na varanda também, na frente dos tios, da Débora, uma merda. Agora a gente ri, mas eu mesmo não rio muito não, nunca achei tanta graça no passado, mesmo as coisas engraçadas.

Uma coisa engraçada, por exemplo: a mãe de um amigo nosso foi visitar o filho na república de estudantes. Mentira: ela foi lá porque precisava usar o banheiro. Foi acompanhada da mãe dela. Mas o meu amigo não estava, só um outro amigo nosso, vendo tevê. Ela disse que ia esperar o filho chegar. Um minuto depois entrou no banheiro; quando saiu a casa fedia. Nisso uma tia desse outro amigo sai do quarto, que ficava perto do banheiro mas longe da sala, e não percebe que tem visita na casa. Ela sente o cheiro, gargalha e grita pro sobrinho pelo amor de Deus acender a vela. Eles usavam uma vela no banheiro pra essas ocasiões. A mãe e a vó do meu amigo se levantaram e disseram que voltariam outra hora.

É uma história engraçada, mas não gosto muito de lembrar dela. E quando lembro, fica uma sensação estranha de não ter prestado a devida atenção em duas personagens: a tia do cara da tevê e a vó do meu amigo. Sei que essa história está incompleta se a gente não presta atenção nas duas. A tia do meu amigo me enche de tesão porque aparece inesperadamente no meio da história, numa tarde de calor, terça-feira, camiseta branca, seios soltos. E a velhinha, quem é? E eu a imagino de vestido xadrez verde e branco e mãos cruzadas sobre as pernas. Sapatos velhos, mas conservados. Olha a tevê e não julga as bobagens exibidas na tela. Ela está acima da história? Não, está pensando que deixou a janela da sala aberta e ameaça chover. Gosto da velhinha. Quer dizer, a história não é tão engraçada assim. Ou não é apenas engraçada. Ou isso tudo pode ser pura chatice minha, concordo. (A tia é o Batman, mas a velhinha não é o Robin.)

Voltando aos cigarros. Minha mãe recomeçou a fumar na mesma época em que eu e minha irmã demos as primeiras tragadas. Ela tinha fumado na adolescência, mas quando eu ia nascer parou. Meu pai nunca fumou, e se orgulhava disso. Se bem que lembro uma vez que fui cagar atrás de uma cerca da fazenda onde estava tendo uma festa de casamento de alguém da família e vi meu pai sentado em cima do capô do carro de um conhecido nosso, cigarro na boca e garrafa de cerveja na mão, passando na estrada de terra a uns cinqüenta metros de onde eu me escondia. Ele estava bêbado, a camisa bege aberta, achei aquilo bonito, e em seguida a molecada me descobriu.

Minha mãe voltou a fumar filando cigarros de mim. Minha irmã também pedia, e eu adorava chacoalhar o maço na direção delas, a fim de que saísse um cigarro e elas tivessem apenas que puxá-lo. Naturalmente, eu oferecia o isqueiro. Minha irmã dizia "vai logo", minha mãe não tinha pressa.

Se bem que a gente não podia demorar muito, porque se acontecesse do pai chegar antes do horário previsto a coisa ficava feia. Mas nunca ficou, o pai nunca soube que mamãe e eu fumávamos à tarde, quando ele não estava em casa. E isso durou três anos, até eu ir embora fazer faculdade. O pai desconfiava de mim, desconfiava que eu fumava, mas não sabia que eu fumava com mamãe, com o consentimento dela. Se ele soubesse estaríamos perdidos, eu pensava, porque o pai era nervoso nessa época. Ele quebrava a mesinha da sala todo ano, até que chegou o dia em que minha mãe resolveu não comprar mais mesa pra sala. O pai nunca mais quebrou nada (um copo ou outro no máximo) e foi internado um tempo depois. Aí ficou bom.

Quando fiz vinte anos meu avô morreu, e parei de fumar. Minha mãe também. Tomamos a decisão juntos, pelo telefone:

— Não vou fumar mais, prometi pro vovô.

— Ótimo, assim eu também paro.

E paramos mesmo, não foi difícil, não tive recaídas. Nem a mãe.

Então ela e meu pai começaram a viajar juntos, só os dois, o que eles não fizeram nunca na época em que eu morava com eles. A minha irmã tinha ido estudar fora também, ia casar, a vida arrumada, a família contente. Meu pai fazia cartazes com frases de amor pra mãe ("obrigado pela paciência") e pregava na cozinha; fazia bilhetes no computador, imprimia e pregava no espelho do banheiro; comprava CDs piratas de música espanhola, e a mãe recuperou um antigo caderno de receitas, fez um curso de especialização, o pai fez outro, ele nunca mais encheu o saco de ninguém. A mãe, que era perfeita, passou a mostrar certos defeitos.

Voltei a fumar de bobeira, uma amiga muito amiga me ofereceu, e aceitei. Um ano depois tinha voltado a tossir e as crises de bronquite se tornaram mais agudas. A mãe desconfia, mas não fumo na frente dela, quando a gente se vê nos feriados. O pai já me viu fumar e diz que o pulmão é meu, e vira de lado e continua a conversa com algum amigo. A mãe me incentiva a fazer caminhadas; eu faço e perco a barriga. Ela diz que uma hora eu caso, e dia desses a vó que não morreu me mandou essa:

— A tampa da sua panela está aqui.

E assim as férias vão indo sem grandes problemas.

Às vezes saio à noite com o carro dos pais, compro um maço, fumo três, quatro cigarros seguidos. Rodo todos os bairros, canso de dirigir e fico tossindo antes de entrar em casa. Quando a tosse pára, vou pro quarto. Mas antes de dormir a garganta começa a coçar, sobe o bolo de ar até a boca. Eu coloco o travesseiro sobre o rosto e aperto — aí tusso, tusso, tusso. Mas o som sai abafado, o quarto deles é longe, meus pais não têm como ouvir.

Carnaval

Naquela noite a gente foi beber na casa do Lelê. Meus tios se reuniram na casa da Leila ou do Caetano — meus pais também — e liberaram o casarão pra gente se divertir. Cada um levou uma garrafa de uísque, e alguém providenciou as anfetaminas com um amigo mais velho. As meninas apareceram com garrafas de batidinhas coloridas e um troço horrível de vodca com leite de coco chamado leite de cabra. Todas elas estavam de shortinho preto de algodão e camiseta azul, algumas prendiam os cabelos com uma faixa branca, e nas orelhas brilhavam brincos espalhafatosos. A mesa de sinuca a tia Soraia cobriu com um encerado grosso, e foi bom porque a Dani derrubou cerveja nela. O Macaco não perdoou: ê, trouxa. O Lelê, no entanto, nem parecia o dono da casa e dançava com os indicadores pra cima, um sorriso de melancia no carão de sobrancelhas grossas, atrás da minha irmã, das primas, mas principalmente atrás da Paloma. "Nossa, que bunda!", ele falava virando a cabeça pros amigos sentados perto dele. O Du suava de mudar a cor da camiseta e virava o uísque ganho do cunhado. O Fraquinho, o Franguinho, o Quinzinho e o Negão jogavam truco sem prestar atenção no jogo, e de fato as meninas gostavam deles. Elas iam até a mesa, perguntavam quem estava ganhando, depois cada um saía com uma pro centro da garagem onde o Lelê liderava o samba e faziam um trenzinho pegando na cintura delas.

— Bando de bêbados! — o Negão dizia com orgulho.

— Nem a turma do Morto bebia tanto! — o Frango completava.

— Quando a gente fizer vinte e cinco anos, um pelo menos vai ter morrido e uns dois vão ter sido internados. — Essa acho que era minha ou do Gustavo Ricci.

A Leandra, a Cassiana e a Rafaela tinham vindo de Prudente, e era uma delícia cumprimentar as três — um beijo em cada uma das seis bochechas —, fosse em ordem decrescente de idade, fosse em ordem alfabética. Oi Leandra, oi Cassiana, oi Rafaela. Oi Cassiana, oi Leandra, oi Rafaela.

— Oi, priminho!

— Oi, priminho!

— Oi, priminho!

E assim elas me colocavam no meu lugar.

O Frango dava uísque pra Cassiana, ela virava o copo, minha irmã queria um também. O Frango preparava — "põe guaraná?" —, e logo tinha uma filazinha de meninas querendo uma dose "que nem a da Isabele", "que nem a da Cassiana", "pra mim é igual à da Fernanda".

— Ah, meu Deus! — o Frango ficava irritado. — Dá

pra mim cês num qué não, né?! — e terminava de servir os drinques.

Quando o Lelê aparecia com seu copo de Carnaval, era a hora de descer pro clube. *O copo do Lelê* era vermelho e de plástico, com uma tampa rosqueada em cujo centro havia um furo por onde entrava um canudo grosso e branco. Tinha um desenho de surfista e o logotipo da Coca-Cola e podia conter setecentos e cinqüenta ml de qualquer bebida. Mas conhecia apenas o uísque com guaraná e gelo, porque só no Carnaval o Lelê usava *o copo*. Depois o guardava na sapateira até o ano seguinte. E todo ano, no dia em que a saideira era na casa do Lelê, bastava ele preparar *o copo* que o pessoal desligava o som, gritava o samba pra abafar o silêncio, e um a um a gente ia pra rua, descendo o caminho de três quadras que ia dar no Nosso Clube. Durante o percurso alguma dupla de improviso parava pra se beijar encostada em algum carro sob as árvores, alguém ficava na casa do Lelê pra telefonar não sei pra quem, um outro vomitava e ia embora, e com mais três ou quatro eu chegava na frente e com muita impaciência esperava na fila pra entregar o ingresso ao seu Olavo e entrar.

Eu subia as escadas me segurando pra não correr. No salão o som dos metais e as luzes coloridas se misturavam, enchiam todo o espaço e me empolgavam — e não havia angústia naquela euforia. Eu abraçava e beijava todo mundo pra quem na rua apenas levantava as sobrancelhas e dava um sorriso sem dentes. Aí eu dizia "vou comprar cerveja e já volto", e no caixa cumprimentava o Edson e chegava ao balcão colocando quatro fichas no bolso e entregando a quinta à balconista. Cumprimentava o Renatinho Righetti e o Porva, parados debaixo do ventilador que ficava na quina do balcão em L.

— Cadê a Tigüera? — o Renatinho queria saber da Rafaela.

— Tá chegando. — Eu ia pro meio do salão e entrava na roda, que girava sempre no sentido anti-horário. Pegava pela cintura uma menina que tinha estudado comigo cujo nome eu não lembrava, e a gente rodava até chegar no canto esquerdo do palco, onde ficava a mesa da turma dos meus pais. Todos bêbados, a gente se abraçava, a menina que estudou comigo desaparecia, eu dava um gole no uísque da velharada e saía antes que eles começassem a perguntar pelos filhos.

Minha cerveja acabava, eu pegava outra e conversava com o Sakamoto, depois com o Cabelo e com a Ju Watanabe. A Ju dançava comigo, eu perguntava da Luciana (estava com o Alê) e então saía "atrás de mulher". Encontrava o Gago pulando abraçado com o Cadão de um lado e o Frango do outro. Eles tinham cheirado lança-perfume (o Cadão não) e quem tinha era o Capivara. Quando o encontrava, ele estava ajoelhado na frente da Uana, mulher do Marcos. Com a mão esquerda segurava a saia dela e com a direita espirrava o lança sobre a saia, que ele colocava na boca e chupava fechando os olhos. A Uana, que era linda, ria e logo ficava séria, deixando a boca entreaberta e a respiração suspensa; às vezes olhava pros lados — e ria de novo —, procurando o marido.

Eu ia buscar mais cerveja e via o Lelê oferecendo *o copo* pra Raquel, que não bebia e achava tudo um saco. Ele me via e dizia alto: essa menina é muito chata. E olhando pra ela:

— Cê é muito chata, sabia? Eu aqui apaixonado, e você com essa cara de sonsa... Bebe aí, vai!... Bebe que cê se anima. — E enfiava o canudo branco na boca da Raquel.

Sem abrir a nova latinha, eu passava pelo banheiro e lá encontrava o Du dormindo sentado num dos vasos. A porta aberta, o short abaixado... "Acorda, Dureza!", mas ele não ouvia. Eu avisava o senhor que servia papel higiênico na entrada e voltava pro salão.

A Fabiana sambava perto da roda. Ela era amiga da Dani e da minha irmã, e a Dani estava dançando com ela. Vindo por trás, coloquei as mãos na cintura magra da Fabiana e fui empurrando o seu corpo pra dentro do salão. Ela virou pra trás pra ver quem era, e o beijo que eu programara acertou de raspão na sua orelha. Ela riu, veio pro meu lado, passei o braço direito em volta dela e deixei a mão um pouco mole, fora de ritmo — quando a bunda dela subia, a minha mão abaixava, e ninguém sabia ao certo de quem era a culpa. Dançamos bastante e nos beijamos algumas vezes, trombando dentes e atrapalhando casais. Ela dizia coisas como "você nunca conversa comigo", "meu irmão é bravo", "você tá muito assanhadinho". Eu respondia com "você é um tesão", "gostei do seu short", "essa música é boa". Até que percebi que estava tarde; se eu queria alguma coisa além daqueles beijinhos, era melhor sair agora. Ela ia dormir na casa da Dani e sugeriu que eu a levasse. No caminho a gente se diverte, eu pensei, ela pensou, e descemos a escada correndo, pulando os degraus de dois em dois.

Sair do clube — o vento batia de uma vez no corpo inteiro — era como saltar dentro de um lago, só que ao contrário. A rua ficava silenciosa e as árvores iam recuperando a dignidade com que amanheceriam. Onde um dia tinha sido o cinema, a Ana servia canja e aplacava os estômagos furiosos. Nessa noite ainda vi o Lelê uma vez: ele passou no carro do Facholi, com o Esquilo e o Rato no banco de trás, quando eu e a Fabiana atravessamos a rua. Só então percebi como ela estava bêbada.

— Você tá se aproveitando de mim... — mas eu nem tinha feito nada ainda.

Abri a porta da casa da Dani depois de ter vasculhado os bolsos da Fabiana pra encontrar a chave. Ela entrou, andou alguns passos, se virou na minha direção e, tropeçando, refez o caminho até a porta. Eu estava parado em cima do capacho e a segurei pelos punhos.

— Cê vai embora? — ela perguntou antes de arrotar.

— Que que cê acha?

— Não sei...

Virei a cara pra trás e olhei a cidade. A lua de osso quase tocava o telhado da casa dos meus avós. Entrei e fechei a porta. Em cima da mesa da sala tinha uma jarra com água pela metade e um copo do lado. Bebi um pouco d'água e depois fui ao banheiro. Quando voltei ela estava dormindo, deitada no sofá — tinha a mesma boca aberta de qualquer menina, de qualquer prima, de qualquer irmã.

Um mês pra se despedir

Depois do almoço e às vezes depois do jantar, a vó Gertrudes me coçava os pés. Depois do jantar não era tão bom, parecia mais um arremedo do que ela fazia depois do almoço. É que a vó dormia cedo e por isso queria chegar logo em casa. Então ficava perguntando as horas de dez em dez minutos, e cada vez eu tinha menos ânimo de dizer: tá cedo, vó, relaxa, depois eu levo a senhora. Depois do almoço não tinha nada disso. Era o tempo de eu escovar os dentes, tirar a camiseta e ligar a tevê da sala, e ela já vinha da cozinha, depois de ajudar a mãe a lavar a louça e recolocar na mesa o centro de crochê e a cesta de frutas de plástico. Eu deitava no sofá; na minha frente ficava o quadro de palhaço que a mãe tinha pintado na adolescência; à minha esquerda, a uns dois metros, ficava a tevê. A vó sentava na ponta do sofá mais próxima do quadro e do corredor que unia os quartos à cozinha, levantava a cabeça com lentidão de grande pássaro pra assistir ao telejornal e cruzava os pés descalços sobre o tapete verde e marrom. Aí erguia os braços como se fosse ser revistada. Era o sinal de que estava pronta. Eu colocava os pés sobre as suas coxas, e ela começava a coçar. *Coçar os pés* não significava exatamente coçar, mas massagear com firmeza, os meus pés comprimidos entre as mãos grossas da vó. Às vezes ela usava um creme à base de cânfora, e para mim isso era o máximo do luxo. A vó coçava os pés com tanta naturalidade que quando dormia continuava a coçar — a cabeça pra trás, no encosto do sofá, ensaiando a morte que viria (sem os roncos) poucos anos depois.

Quando o Caio chegou em casa, foi num desses dias em que a vó tinha dormido enquanto me coçava. Ele tinha vindo de Venceslau pra me ver, mas não me levantei quando vi sua cabeça loira por cima da cabeça da vó.

— Ê, folga! — ele gritou, e a vó acordou assustada. O Caio pediu desculpas — "não tinha percebido que a senhora tava dormindo" — e a beijou.

— Ô, filho-da-puta! — eu gritei pra ele, mas minha vó me olhou com uns olhos que significavam: filho, que modos são esses? Ela era muito educada, mas sem nenhuma afetação. *Afetação...* que palavra estúpida pra falar da vó! Ela nem sabia o que isso significa. Era uma dessas pessoas (*mas que pessoas?*) que acham que todo mundo é bom. Ficava triste quando contavam uma maldade de alguém, e chacoalhava a cabeça com os lábios apertados: "um dia ele aprende", dizia, e ia varrer a varanda. Eu me perguntava: e se fizessem uma cagada com ela? Mas ninguém fazia. Os adultos a admiravam, e os moleques faziam favores pra ela, como carregar a sacola de compras ou dar carona quando a encontravam na rua. Ela ficava feliz, e abria a porta da casa com um resto de sorriso tímido.

— Vai, levanta daí, preguiçoso! — o Caio falou dando um tapa de leve na sola do meu pé.

— Tá bom, tá bom — resmunguei, e sentei no sofá estendendo a mão pra cumprimentá-lo. Depois agradeci à vó com uns cinco beijos que a deixaram constrangida e disse pra ela: — Agora a gente vai tocar o puteiro!

— Fio... — ela soltou o vocativo no ar, apreensiva, e ficou na sala pra ver a novela que estavam reprisando.

O Caio me seguiu até o quarto. Ficou olhando os livros que eu estava lendo. Quando viu o *Manuelzão e Miguilim* debaixo da pilha, abriu numa página qualquer e deliberou:

— Esse é o melhor de todos!

Peguei os tênis na sapateira do banheiro e quando sentei na cama pra calçá-los o Caio perguntou se tinha alguma coisa legal pra gente fazer hoje.

— Sei lá. O Lelê não vem esse fim de semana. O Cadão tá no Colégio Agrícola. O Gago tá trabalhando numa fazenda em Campo Grande, e o Quinzinho foi pra Ribeirão. O Gustavo tá no Rio, o Bruninho em Bauru, o Lecão em Maringá. O Negão e o Macaco já foram pra São Paulo. O Frango também.

— É, o Conrado ligou e disse que encontrou eles numa feirinha. Vou te contar! O cara agora deu pra ir em fei-ri-nhas. Que viadagem! A gente precisa dar uma surra nele.

— Ele me escreveu esses dias. Disse que encontra o Frango toda sexta, e os dois vão tomar conhaque no apê do Conrado. Eles até botaram nome nesses encontros. São as

Noites Mórbidas. Ficam lá bebendo e empilhando bituca no cinzeiro. E o Conrado tá fumando maconha direto. E também veio com um papo de que uns amigos dele tavam planejando matar uma freira.

— E você vai quando?

— Tenho um mês ainda. As aulas começam depois do Carnaval.

— Tá. Agora vamo fazer alguma coisa. Não tem mulher nessa cidade?

— Calma! São duas da tarde. Não começa a encher o saco!

Decidimos jogar bola no Clube dos Bancários. Mas o clube estava quase vazio, não dava pra formar dois times. Fomos até o bar, que ficava em frente à piscina, e pedimos cerveja e amendoim torrado. O seu Libório, de óculos escuros pra proteger e esconder o olho cheio de pus, estava examinado o nível do cloro. Perguntou se íamos nadar.

— Talvez.

— Mas vocês têm atestado?

Não tínhamos, e com ele não tinha conversa. Expliquei isso pro Caio, que jogou um amendoim na cabeça do seu Libório, ajoelhado na beira da piscina. Ele olhou pra trás, mas não disse nada.

— Então vamo ficar bebendo mesmo — eu disse.

Nesse momento a Vanda saiu do banheiro, de cabelo molhado e enrolada numa toalha branca com borboletas vermelhas. Ela tinha uns trinta anos, era separada. Meus amigos diziam que ela saía com caras mais novos. Ela passou por nós e deu um oi mais sério que o de qualquer uma das minhas tias. Desenrolou a toalha e a estendeu no chão, perto da borda. Pulou de cabeça na água e em seguida saiu pela escadinha. Então deitou no sol com as costas pra cima, os pés virados na nossa direção. Depois afastou as pernas pra que o bronzeado ficasse perfeito e fechou os olhos.

— Cê acha que cê vai pra São Paulo no ano que vem?

O Caio disse que não sabia, mas esse ano ia fazer cursinho em Campo Grande. Depois dependia dele passar no vestibular.

Aí ficamos relembrando a vez que fomos pra São Paulo visitar o Conrado. Tínhamos sido uns caipiras idiotas jogando papel higiênico molhado nos pedestres que passavam na calçada do prédio. Só não deu problema porque o Conrado era amigo do porteiro.

A Vanda agora tinha virado a barriga pro sol. Ela tinha os quadris largos e ossudos.

— Acho feio — o Caio disse. — Parece frango em fim de almoço de domingo.

A gente tomou só mais uma cerveja, porque depois jantaríamos em casa, e a minha mãe não admitia "bafo de cachaça" antes das oito da noite.

A Vanda nos deu carona. Fui sentado no banco da frente e me senti mais magro do que nunca. Lá de trás, o Caio disse umas bobagens que fizeram a Vanda rir.

— Então seu pai é o Orestes?

Ela deu um sorriso lindo ao saber quem era o meu tio.

Quando nos deixou em casa, mandou beijos pros meus pais. E pro tio Orestes e pra tia Vânia mandou dizer que uma hora aparecia pra visitá-los. Ela disse "visitá-los", e senti nojo dela. Nunca tinha visto alguém falar assim na vida real.

Minha mãe não percebeu que tínhamos bebido; meu

pai estava no consultório. Comemos com pressa, tomamos banho e saímos de novo.

Era uma sexta-feira, mas não tinha nada em bar nenhum. O Caio ameaçou voltar pra Venceslau, que lá andava bem melhor, eu te avisei, seu cabeçudo. Foi nessa hora que o Esquilo passou na rabeira da moto do Estevão, viu a gente, o Estevão parou, o Esquilo desceu, o Estevão buzinou e foi embora.

O Esquilo abriu os braços e veio na nossa direção gritando "uááá, uaaarn, eeern, eeern", uns gritos estranhos que qualquer cara da cidade sabia que eram "os gritos do Esquilo". Ele abraçou o Caio, pegou ele no colo, gritou de novo. Fez cara de sério e com a mão na cintura e as sobrancelhas tensas disse que a cidade estava morta, não tem mais nada pra fazer aqui.

— Vamo jogar sinuca na zona. Só lá tem mesa a essa hora.

Eu tinha acabado de tirar a habilitação e estava com o carro do meu pai. Estacionei na frente da segunda casa e desci pensando que no dia seguinte ia ter que lavar o carro. Porque tinha chovido, a estrada estava um barro só, e meu pai tinha lavado o carro no dia anterior. Mas não era hora de pensar naquilo.

— Oi, meu amor! — a Luzia, dona da zona, cumprimentou o Esquilo.

— Fala, Luzia! Tudo bem? Cê tá uma gatinha, hein? Aaarn... Eeern... — Ela era velha e pesava uns cento e vinte quilos e estava sentada num cadeirão de área no canto da varanda.

— Ai, esse menino é uma gracinha! — disse a Luzia virando a cabeça pra porta, onde uma puta nova, encostada no batente, nos observava e não ria. — Cês tão a fim de um programinha? Olha essa menina que linda! Acabou de chegar do Mato Grosso.

— Você é do Mato Grosso? — o Esquilo perguntou. — Legal... — E olhando de novo pra Luzia: — Mais tarde. Agora nóis qué é jogá sinuca! Aaarn!...

A moça do Mato Grosso buscou umas fichas e perguntou se podia pegar umas cervejas e um copo pra ela. Podia, e começamos a jogar. A Luzia ficou na varanda, abanando o pescoço suado com uma revista de fofoca. Par e ímpar, quem perdia saía. O Esquilo ficou de fora na primeira; o Caio jogava pior do que eu mas ganhou, e eu tive que sair. Quando o Esquilo passava giz no taco, entrou um velho na sala. Bêbado e sujo, magro e desdentado.

— Boa noite — o Esquilo o cumprimentou abaixando a cabeça de um jeito exagerado.

— Boa noite — o velho respondeu. Sentou-se num banco e falou pro Esquilo: — Eu sou marujo, sabia? Eu era marujo quando era novo.

— É?... O senhor é marujo? — o Esquilo perguntou e riu pro Caio.

— Eu fui marujo... Cês sabe o que é marujo? — Ele se desequilibrou no banco e apoiou a mão no chão.

— Claro, marujo... Tá pensando que a gente é burro? — o Esquilo provocou.

— Não, não tô chamando ninguém de burro — e tentou se concentrar, fechando e abrindo os olhos.

— Então o senhor era marujo? Ficava lá... na frente do

navio... bonezinho na cabeça... — E o Esquilo ajeitou um boné imaginário na cabeça. — Aaarn!... Aaarn!...

— É, eu era marujo... Fui até a África.

— Até a África? África, né: os negão, os leão, os elefante... o senhor lá... de bonezinho na cabeça... pilotando o barco, que nem o Ayrton Senna... — O Esquilo pôs as mãos num volante invisível e saiu dirigindo até os seios da puta, que o repeliu com um tapa mole.

— É, até a África... Não tinha leão, não... elefante... Eu sou marujo, eu só ficava no mar... Depois fui até a China. Tudo... conheço tudo!

— Pega um copo aí pro marujo, gatinha — o Esquilo pediu pra puta.

Ela voltou com um copo cheio e o entregou ao velho:

— Se quebrar o copo, quebro a sua cara!

— Eu sou marujo, mia fia... Cê nem sabe o que é isso... Já tive um montão assim de muié que nem você...

A puta fingiu que não era com ela. Foi até a janela e ficou bebendo a sua cerveja com os peitos no parapeito. O Caio fez sinal pro Esquilo continuar o jogo. O marujo continuou falando, mas agora ninguém prestava atenção: "...Oropa...", "...monte de muié...", "...nem sabe o que eu tô falano...".

Jogamos mais umas duas horas, e o Caio ganhou a maior parte das partidas.

Depois sentamos num banquinho de madeira encostado na parede de tábuas. O marujo estava na nossa frente, a cabeça baixa era um abacate apodrecendo, e os olhos, duas castanhas reluzentes.

— Ô, marujo! Acorda, marujo! Conta alguma coisa pra gente.

O velho acordou e disse que tinha uma filha em Portugal. A filha era casada com um marujo. Ele tinha ido a Portugal no ano passado e não encontrou a filha. Ela tinha uma casa na praia e um filho que era marujo em Portugal. O neto dele tinha um quepe de marujo ("é diferente de boné") que ele deu de presente de aniversário. O neto tinha uma casa na Bahia e era marujo em Portugal.

Pagamos a conta, e o Esquilo cumprimentou o marujo como se fossem amigos antigos. O velho riu, deixando as gengivas à mostra. Quando passei de novo em frente da casa, depois de fazer o balão, a puta estava fechando a porta, e o marujo dormia sentado num toco de árvore na calçada com mato por carpir.

Deixei o Esquilo na casa dele. Ele subiu a escada correndo, e antes de fechar a porta botou de novo a cabeça pra fora e gritou:

— Áááááá...

O Caio não foi embora no sábado, nem no domingo. Na segunda-feira fui com ele pra Venceslau e quando voltei na quinta ele veio junto. Só foi embora no sábado porque as nossas mães se ligaram e decidiram que era melhor cada um ficar num canto, assim a gente bebia menos.

O resto do mês foi correr atrás da documentação que faltava e dos móveis que os tios me deram pra morar em São Paulo.

Uma tarde passei na casa do meu avô. A vó Lindinha tinha ido ao mercado, e ele esperava um telefonema pra fechar uma venda de gado sobre a qual lucraria três por cento. Estava fumando na varanda, sentado numa cadeira de fios de plástico, o cinzeiro escondido dentro da folhagem de um vaso ao lado da cadeira. É que ele tinha feito duas pontes de safena, e a vó brigava se o pegasse fumando. Ele me contou que fumava desde os seis anos. Aprendeu com uma preta velha na fazenda onde o pai dele trabalhava. Ela gostava de cachimbo e ensinava os meninos a fumar.

— Mas isso faz tempo... Eu já tô morrendo. Logo essa história acaba.

Do quinto degrau da escada, eu via o perfil do avô, que olhava pra uma árvore da rua. Ele não fez nenhuma piada nesse dia e continuou contando histórias da infância na fazenda. Depois contou como perdeu a fazenda, como foi burro e os caras uns safados. Se um deles aparecesse, ele matava. Mas isso também já não importava, logo ele ia morrer, e toda essa merda ia acabar. Perguntou quando eu ia embora e não fez nenhum comentário quando expliquei que era dali a uma semana.

Me levantei, e ele foi comigo até o portão. De dentro do carro vi as canelas magras do avô, um pé apoiado na mureta onde a grade baixa era chumbada. Ele levantou a mão ainda forte com um cigarro pelo meio. Era um tchau de peão.

No sábado meus pais fizeram festa.

Na última noite fui dormir cedo, que o tio Mário ia passar de madrugada pra me levar, e talvez eu tivesse que ajudar a dirigir. Lembro que levei a vó Ger pra casa dela e quando voltei a mesa do café já estava pronta pro dia seguinte. Meu pai pegou um filme de guerra pra gente ver juntos, mas nós dois dormimos antes da guerra começar. Cada um foi pro seu quarto, minha mãe dizendo pra eu ficar tranqüilo que ela me acordava. Minha irmã tinha saído com as amigas e já devia estar voltando. Ela tinha esquecido acesa a luz do seu quarto.

Deitei com a janela aberta, era uma noite com estrelas quentes. A folhagem do jardim entrava no quarto, e o vento vinha até a raiz dos cabelos. Havia muitos barulhos dentro do silêncio daquela noite. Barulhos de chaves e de cachorros, de portas e de pés, de maçaneta se abrindo com um estalo, que me tirou do sono leve. Na porta, a silhueta da minha irmã chamava baixo o meu nome. "Entra", eu pedi, "você chegou agora?" "É", ela respondeu, e sentou na outra cama; abaixou a cabeça (era uma lua loira) e perguntou se podia dormir ali. Eu disse que sim. Ela tirou os sapatos e deitou depressa, puxando o lençol sobre as pernas claras. Havia muitos barulhos naquela noite, mas para mim não foi difícil distinguir os latidos dos cães e o festejar das folhas dos soluços contidos que vinham da cama ao lado — e era como se aquele metro que separava as camas, resultado dos erros e do amor de uma vida inteira, fosse agora o símbolo de uma separação ensaiada desde sempre, desde muito antes que eu e minha irmã soubéssemos o que significava tudo aquilo. E então era melhor não dizer nada, largar o corpo no lençol lavado, fechar os olhos, dormir.

King Kong e cervejas

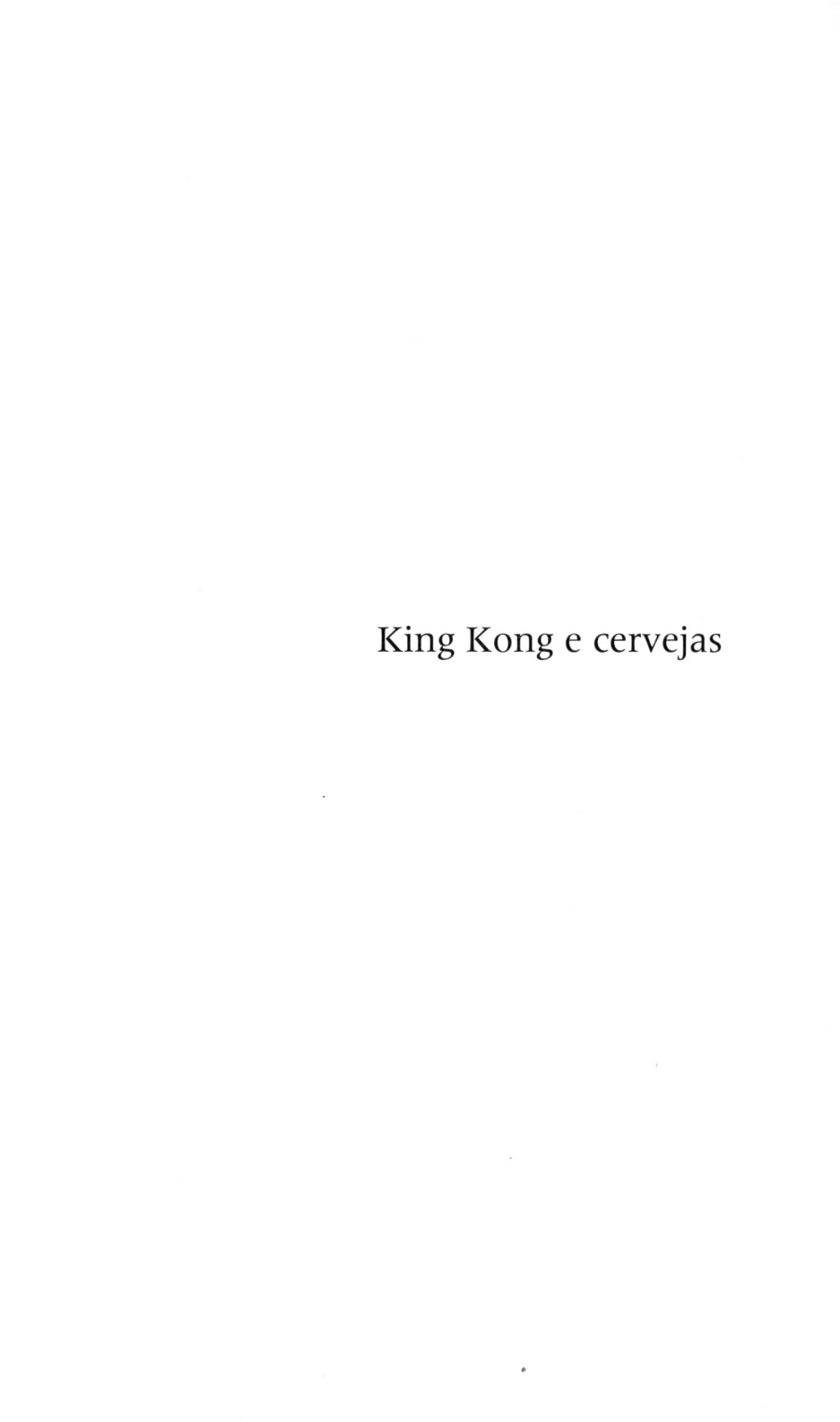

O meu amigo tocou a campainha da casa dos meus pais três dias depois de eu ter chegado pro feriado. Tínhamos vindo juntos, no mesmo ônibus, mas a cidade do meu amigo fica uns vinte quilômetros depois da minha, e eu desci na rodoviária fazendo ele prometer que iria passar uma noite lá em casa, antes do ônibus dar ré e partir do centro da cidade pra rodovia Raposo Tavares.

A minha mãe adora o meu amigo e ficou contente com a chegada dele; meu pai pegou o violão. Eu fui tomar banho, que o calor estava de matar, e a gente ia sair pra tomar cerveja e conhecer, quem sabe, umas meninas, se bem que a gente já está velho pras meninas daqui — elas nunca se interessam por nós. Dez anos atrás, quando o meu amigo tinha uma banda de rock, ele era adorado pelas meninas da cidade, um pouco por ser "de fora" e outro tanto porque tocava rock e era bonito. Tinha uns cabelos compridos. Hoje tem o cabelo ralo, casou com uma mulher mais inteligente do que ele e trabalha mais do que devia. Tem o rosto cansado, umas rugas no canto dos olhos. Minha mãe morre de pena do meu amigo, mas depois esquece e liga a tevê. Aliás, o meu amigo trabalha na tevê, é editor de notícias internacionais de uma emissora mais ou menos importante.

Quando cheguei na cozinha, com a camisa na mão direita e os tênis na mão esquerda, e sentei num banquinho pra terminar de me arrumar, o meu amigo estava contando não sei o quê pro meu pai. O violão estava em cima da mesa, a minha mãe me perguntou se eu queria cerveja, pastel, salada de palmito. Comi vários pastéis e tomei uns copos de cerveja, o meu amigo nunca foi de comer muito e só aceitou a cerveja mesmo. Ainda tive que ouvir a conversa calma deles mais um tempo, até que o meu amigo se levantasse e beijasse a minha mãe e abraçasse o meu pai e dissesse que voltaria, é claro, ô que bom ver vocês. Tchau, eu disse de dentro do carro pros meus pais, que tinham ido até a calçada, enquanto com a mão esquerda eu tirava o isqueiro do bolso da calça. O meu amigo que dirigisse, nunca gostei de dirigir, não ia ser agora que ia fingir que gostava. Ele sabia disso, não precisei dizer, e logo estávamos no bar.

Vazio, meia dúzia de gatos-pingados, nenhum conhecido, nenhuma mulher bonita. Pedimos cerveja, tomamos sete garrafas (não queria contar mas acabei contando). Pra acompanhar, uma porção de filé aperitivo com cebola frita em rodelas. Mas a porção veio com maionese no canto da bandeja e aquilo irritou o meu amigo.

— Dá pra tirar a maionese? — ele falou num tom meio sério, mas não foi mal-educado. O moleque que atendia as mesas sumiu pra dentro da cozinha com a bandeja.

Quando a porção voltou, sem maionese, o meu amigo foi ao banheiro, e eu fiquei ali, olhando a casa do dr. Shibuya, que é um casarão dos mais velhos da cidade, com mais de setenta anos. Bem conservado, as pilastras pintadas de azul-celeste e o resto branco, com pedras incrustadas na fachada. É uma casa bonita, que eu queria comprar só pra que não a derrubassem. Eu queria fumar um cigarro encostando a mão na pilastra do canto, queria trepar com uma mulher gorda no meio da tarde com a tevê ligada, queria que os meus amigos do Rio viessem comer churrasco na casa do dr. Shibuya.

Eu pensava essas coisas quando o Traíra chegou. É um amigo de escola, mora no sul, onde é baixista de um quarteto de jazz. Na nossa cidade era um imbecil, como eu e mais uns três, mas no sul parece que vive bem. Não tem mais paciência pros caras que ficaram aqui, vem de seis em seis meses, e só por causa da mãe, senão nem isso. É o que ele sempre diz, com cara de desprezo. Ele era gordo e os nossos amigos aporrinhavam o Traíra. Tinha um irmão que ele amava, que foi embora antes dele.

— Como é que tá? — perguntei.
— Bem.
— E o baixo?
— Indo...

O meu amigo voltou do banheiro. Eles se conheciam.
— Fala, Traíra! E aí?

Eles se abraçaram. O Traíra era fã do meu amigo na época em que o meu amigo tocava guitarra.
— Beleza, beleza...

E o papo continuou nessa superficialidade necessária.

Tomamos mais cerveja, e o Traíra comeu quase toda a porção — por isso é que continua gordo. Até que chegou um pessoal no bar. Tínhamos saído de casa cedo demais. Talvez o horário agora fosse outro. Uns adolescentes com colares dourados no pescoço, bota de couro e boné; umas meninas gostosas, com o batom borrado, todas de cabelo tingido: as loiras eram morenas, as morenas eram loiras, as negras ficavam na rua de baixo. O Traíra conhecia um dos moleques e foi até lá. O meu amigo olhou pra mim com aquela cara de quem já não agüenta mais nada. Perguntei se ele queria ir embora.

— A gente pode fazer um churrasco. Tem carne na sua casa?

— Ter, tem. Mas é que o quarto dos meus pais fica muito perto da churrasqueira, e minha mãe já deve ter dormido faz tempo.

Fomos mesmo assim. Convidamos o Traíra, mas ele disse que ia passar na casa do Edivaldo, onde o Sampiro, que ele não via há muito tempo... Enquanto ele dava a desculpa, o meu amigo voltou até o balcão e comprou umas cervejas.

Meu pai acordou assim que ouviu o barulho dos espetos, e desceu de pijama, descalço, trazendo o violão. Mas deixou o violão em cima da mesa quando me viu com alguma dificuldade pra espetar o contrafilé.

— Ê, goiaba! Deixa que eu faço isso. Vai fazendo outra coisa.

O meu amigo estava sentado num banquinho, afinando o violão do meu pai, a cabeça apoiada no braço do instrumento.

— Pega uma cerveja — disse assim que me viu.

Trouxe a cerveja, três copos, garfo, faca, tábua, prato e pano de prato. Meu pai tomou o primeiro copo de um gole só, antes de eu acabar de servir o copo do meu amigo — ele sempre fazia isso —, e voltou a mexer com a carne. Enchi de novo o copo do meu pai antes de encher o meu. E então:

— Dá licença, sai, sai...

Era o meu pai vindo com o espeto em direção à churrasqueira. Com a mão direita segurava o cabo e na esquerda apoiava as pontas. Era um espeto duplo. Seus olhos estavam concentrados no fundo escuro da churrasqueira, que o fogo ainda não tinha pegado bem.

Então ele voltou até a pia e limpou o sal que tinha sobrado ali, empurrando-o com a mão em direção ao ralo. Pegou o pano de prato e enxugou tudo, como se o churrasco tivesse acabado, e não começando. Aí olhou pros lados, me achou e pediu que eu buscasse outro pano de prato.

A carne ficou boa, mas a conversa estava chata. Meu pai contou do vereador que criou uma lei contra nepotismo, mas a lei obrigava sua filha a ser demitida, então o vereador entrou com um pedido de revogação da lei; e a história do prefeito de Prudente que montou na estrada uma brigada contra a marcha do MST, até que chegou a Globo, ele fingiu um piripaque cardíaco e foi pro hospital. O meu amigo lembrou histórias de São Paulo, aquela do Maluf, que tinha dito a ele, depois de uma matéria escandalosa que ele escrevera denunciando não sei o quê: você não é o fulano que eu estou processando?

Eu servia os dois, e jogava os restos pra Pantera, nossa cachorra. Eu gostava de cortar a carne, a faca num fio perfeito, eu gosto que as tampinhas da cerveja vão direto pro lixo, e não fiquem esquecidas ao lado do abridor. Foi mais ou menos nessa hora que o meu amigo pediu pro meu pai tocar as marchinhas. "As marchinhas" significava as marchinhas do meu pai. Faziam bastante sucesso no Carnaval, principalmente "A madura menina", mas eu gostava mais do "King Kong". Da letra pelo menos, que tem o início mais catastrófico da história da canção:

Destruiu os prédios com um tapa
Assoprou o teto das casas baixas
Amassou carrões, gente que passava
Tudo isso pelo seu amor

Assim era o King Kong
O macaco do terror
Pro povo causava medo
E pra mocinha era só amor

King King King King Kong
King King King King Kong
King King King King Kong
Também curtia Carnaval
Como você

Mas minha mãe acordou e pediu ao *seu* King Kong se dava pra fazer menos barulho. Eu e o meu amigo fizemos companhia pro meu pai e guardamos a louça na cuba da pia e recolhemos os cascos e resolvemos sair. O meu amigo esperou no carro eu voltar até a geladeira pra pegar umas cervejas. Onde é que a gente iria a essa hora?

O meu amigo nunca tinha ido à estação, e adorou. É bonita, a construção mais bonita da cidade. Fica no alto — do outro lado, de frente, a uns quinhentos metros, fica a igreja — e está desativada desde sempre, e tem um relógio grande e amarelo. Entre a igreja e a estação, o centro da cidade: a praça, as lojas, a fonte, os carros, os trailers de lanches (o do Tuti, o do Mané do Cachorro-Quente, o do Molina) e a rua da minha casa, que é a rua do prédio. Atrás da igreja, a Raposo Tavares, o caminho pra São Paulo; atrás da estação, seis, sete casas velhas e, bem mais pra lá, a Vila Oriente, um lugar afastado, que pra mim era um mistério.

Eu e o meu amigo sentamos debaixo da laje da estação — branca e lisa, sustentada por pilares sem adornos — e ficamos elogiando a laje e olhando as casas velhas. Uma tinha uma janela imensa, colonial, mas no seu vão havia sido colocada uma outra janela, de alumínio e pequena, e o espaço que sobrara tinha sido preenchido com cimento. Só uma das casas tinha luz acesa, tevê ligada — a gente ouvia a voz do filme dublado. Peguei a cerveja da mão do meu amigo, joguei a bituca no chão e falei:

— Pula aí.

Andamos nos trilhos à maneira dos equilibristas, eu me sentindo um pouco ridículo porque era cinema demais aquela cena. Mas foi o meu amigo que falou:

— A gente podia dar uma festa aqui. Muito vinho,

muita cerveja, carne assada, frutas vermelhas, toalha branca, céu azul-claro, banco de madeira, mulheres bonitas, mulheres legais, mulheres legais e bonitas, e mulheres lindas, lindas, lindas!

— Seria ótimo.

— Então vamos fazer. Eu organizo, você vai atrás das coisas.

— Você organiza e eu vou atrás das coisas? Tá bom...

— Vai, não reclama... Cê tem mais tempo do que eu.

— Tá, mas você ajuda mesmo! — E esperei um pouco pra completar: — Mas você sabe que a gente não vai fazer essa festa.

Ele disse que não, não era papo de bêbado, a festa ia rolar mesmo, eu ia ver.

Voltamos a sentar sob a laje, a luz da casa em frente tinha se apagado. Ouvimos um apito, o meu amigo perguntou o que era, eu expliquei que era um cara pago pelos moradores do centro pra andar a noite inteira, de moto, pelas ruas, apitando em cada esquina, pra evitar assaltos.

— E tem assalto aqui?

— Dizem que às vezes tem. Eu soube de uma família que foi presa no banheiro por uns bandidos armados, levaram o DVD, a tevê, algum dinheiro, essas coisas.

— Então ninguém mais deixa a janela aberta.

— Minha mãe e minha vó não deixam, não. Não sei o resto.

A gente ainda ficou ali até acabar a cerveja, que já estava morna, o cigarro já tinha acabado fazia um bom tempo.

— Vamos buscar mais umas na sua casa? E eu preciso comprar cigarro.

— Vamos. E eu vou pôr uma blusa, tô com frio, e você?

Peguei mais três garrafas, abri duas, cada um foi bebendo uma no gargalo, a outra ficava pra dividir mais tarde. O moletom que dei pro meu amigo ficou um pouco grande nele, o casaco do meu pai também ficou grande em mim.

Compramos cigarro no posto, e na volta o meu amigo parou o carro na frente da igreja. Sentamos num banco de concreto, olhando a escadaria, as torres, a casa do padre, que fica do lado.

— Me dá um cigarro.

Estava ventando, fomos andar pela praça, subimos no Bolo. O Bolo é um monumento — no formato de um bolo — em homenagem a um soldado da nossa cidade que morreu na Revolução de 1932. No centro dele tem um mastro verde e amarelo, mas bandeira hasteada eu nunca vi, ou não me lembro de ter visto. Eu e o meu amigo subimos no Bolo, contei pra ele que eu brincava ali quando era pequeno, mas parei por aí. Deu uma puta preguiça falar da infância.

Num gole na cerveja, puxei assunto de São Paulo: o Viana casou, a Manu tá grávida, o São Cristóvão é um grande bar, gosto mais de *História real* do que de *Cidade dos sonhos*, não sei como você consegue manter o tesão por uma única mulher, só o trânsito me incomoda, no inverno é bom conhaque, café, cinema.

— Vamos beber na escada da igreja? — o meu amigo sugeriu.

Ventava mais ainda, mas a vista estava bonita. Lá na frente a estação, o relógio amarelo e nítido, atrás o mato escuro; embaixo a esquina da praça central, o fórum e o consultório dos meus pais; à direita a delegacia desativada (eu não sabia onde ficava a nova), o posto de saúde; à esquerda a casa da dona Irma e do seu Hugo; um ipê-amarelo fazia um tapete de dias no chão que ninguém varreu. Em tudo o silêncio, maior que os edifícios da cidade, maior que a noite e amigo da noite — São Paulo era uma verdade parcial e remota, e toda cidade grande era um amontoado de coisas e vozes abafando o silêncio do mundo.

O meu amigo acendeu outro cigarro, me ofereceu um, a gente ficou olhando as árvores.
— Quando é que você volta?
— Depois de amanhã bem cedo, acho. E você?
— Amanhã.
— Sei...
— Vamos ver se a gente faz alguma coisa em São Paulo essa semana. Um jantar, cinema, sei lá.
— Vamos. Faz tempo que eu não vou ao cinema.
— Eu também. Tá tendo uma mostra do Fellini, cê viu?
— Vi, mas não tô com muito saco pro Fellini, não. Ele romantiza tudo.
— Não acho. Mas se você tá achando isso é porque a coisa vai mal.
— As coisas não acontecem daquele jeito, só isso.
— Acontecem como, então?
— Não sei, mas a beleza fica perdida por aí, mais espalhada. Nos filmes dele tá tudo condensado, tudo arrumadinho e dá vontade de sair dançando. Aí você sai na rua e é tudo muito esquisito.
— Então você adora o Fellini.

— É, pode ser... Tem mais cerveja aí?

— Não. Acabou.

Mijei na porta da igreja bem na hora em que o cara do apito passou de moto e apitou. Ele cumprimentou a gente.

— Viu, acho melhor você dormir em casa hoje, cê já bebeu demais. Não pega estrada, não.

O meu amigo deitou na cama em que ele dormia quando tocava rock e vinha passar os fins de semana lá em casa, isto é, na casa dos meus pais. A gente quase não se falou dentro do quarto, dormi rápido e tive uns sonhos bestas.

Quando acordei o meu amigo já tinha ido embora, perguntei pra Cátia se fazia tempo. Ela disse que ele tinha acabado de sair e voltou a lavar uma panela suja de gordura.

— Cê vai tomar café? — perguntou sem olhar pra mim. Ela tinha uma mancha roxa de varizes na perna esquerda.

— Não. Vou dar uma volta a pé. Tá um dia lindo, não tá?

ESTA OBRA FOI COMPOSTA POR 2 ESTÚDIO GRÁFICO
EM MERIDIEN E IMPRESSA PELA GEOGRÁFICA
EM OFSETE SOBRE PAPEL PÓLEN BOLD DA SUZANO PAPEL E CELULOSE
PARA A EDITORA SCHWARCZ EM MAIO DE 2008